Siegfried Lenz

Lehmanns Erzählungen
oder
So schön war mein Markt

Aus den Bekenntnissen eines Schwarzhändlers

Hoffmann und Campe

1. Auflage 2017

www.hoca.de
Einbandgestaltung: Sarah M. Hensmann
© Hoffmann und Campe
Einbandabbildung: © Denis Cohadon / Trevillion Images
Satz: pagina GmbH, Tübingen
Gesetzt aus der Caslon 540
Druck und Bindung: CPI books GmbH, Leck
Printed in Germany
ISBN 978-3-455-00185-3

HOFFMANN
UND CAMPE

Ein Unternehmen der
GANSKE VERLAGSGRUPPE

I

Die Not ist meine schönste Zeit. Schon früh erkannte ich, welche Möglichkeiten der Mangel birgt, die Knappheit an allen Dingen; schon als Schüler war mir der Unterschied vertraut zwischen Haben und Nicht-Haben, und nicht nur dies: ich habe einen Gaumen für spezifische Not, spüre eine gewisse schöpferische Erregbarkeit, sobald irgendwo ein quälender Bedarf besteht; kurz gesagt, Armut ist mein höchstes Glück. Nichts inspiriert mich tiefer als die Not der anderen, niemals ist meine Phantasie so zuverlässig, als wenn es darum geht, den Mangel der anderen zu beheben – schon als Junge merkte ich es. Ich merkte es beispielsweise, wenn sich meine jüngere Schwester, sobald sie nichts mehr hatte, Sahnebonbons von mir lieh: bereitwillig half ich ihr aus der Verlegenheit, allerdings mußte sie diese Verlegenheit extra bezahlen. Ich bekam die doppelte Anzahl von Bonbons zurück. Und ich stieß auf die schöpferischen Möglichkeiten des Mangels, als sich mein Vater gegen Monatsende den Rest meines Taschengeldes pumpte, zögernd zuerst, dann mit einträglicher Regelmäßigkeit; ich half ihm, wo ich konnte, denn er zahlte pünktlich fünfzig Prozent Zinsen und war mir sicher.

So erwarb ich bereits im zarten Alter die Erkenntnis, daß die Not viele Vorzüge hat, und daß sie den, der auf sie baut, nicht nur ernährt, sondern auch in seinen Begabungen fördert. Denn Begabung ist nötig, um all die Chancen wahrzunehmen, die sich aus dringendem Mangel ergeben.

In Zeiten des Überflusses stirbt die Phantasie, nichts wird uns abverlangt an Überlegung, an Abenteuer, an Ungewißheit; wem es an irgend etwas mangelt, der drückt die Klinke des nächsten Geschäfts und deckt seinen Bedarf. Diese Zeit ist nicht meine Zeit. Wie einfallslos, wie degeneriert und unkünstlerisch erscheint unser Markt: überschwemmt von Angeboten, überwacht von Preisbehörden, besucht von Leuten, die jederzeit wissen, was sie brauchen und wieviel sie für die Mark bekommen. Überall ist man sich des Wertes gewiß und des Gegenwertes; keine Unsicherheit, kein Zaudern und blitzartiges Zupacken, und auf allen Gesichtern, die ich auf dem weißen Markt des Überflusses sehe, liegt die gleiche Freudlosigkeit, die gleiche träge Selbstgewißheit und der gleiche Überdruß. Die Sinne sind nicht mehr geschärft, das helle, räuberische Bewußtsein ist nicht mehr auf Beute gerichtet: die große Zeit ist vorbei, die Zeit der wundervollen Not.

Damit ist meine Zeit vorbei: der Überfluß hat alle meine Begabungen außer Kraft gesetzt, der Wohlstand hat meine Fähigkeiten verkümmern lassen – alles, was mir bleibt, ist die Erinnerung und die Sehnsucht. Ja, an kühlen Abenden habe ich oft Sehnsucht nach der Zeit der Not, erinnere ich mich an das Abenteuer meines Marktes – des Schwarzen Marktes –, und stumm vor Rührung denke ich an den Ruhm, den ich mir damals erwarb. Der Schwarze Markt war mein Metier.

Ich war für ihn geschaffen, wie Churchill für den Posten eines Kriegspremiers geschaffen war. Meine Fähigkeiten wurden immer vollkommener, und ich näherte mich meiner Vollendung. Schon begann man sich in einigen Hamburger Kreisen ehrenvolle Namen für mich auszudenken, als der Tag hereinbrach, der meine gesamte Muskulatur lähmte: der 20. Juni 1948, der schmähliche Sonntag der Währungsreform.

Seitdem habe ich gewartet, gehofft, daß meine große Zeit wiederkehre – bisher ist sie nicht wiedergekehrt. Ich finde nur noch den Trost der Erinnerung. Erinnerung ist das einzige, was mich wach und aufrecht hält, doch da auch sie – ich spüre es – mehr und mehr an Schärfe verliert wie alte Photographien, möchte ich alles aufschreiben, zum Nutzen eines Gleichgesinnten, für mich selbst aus Notwehr. Wäre ich ein Dichter wie Whitman, würde ich sagen: »Ich singe den Schwarzen Markt« –, doch ich bin nur ein Künstler des Mangels, und ich möchte nur aufschreiben, wie alles gewesen ist: mein Markt, mein Ruhm, mein Untergang. Ich möchte, da ich die nötige Schwermut des Erzählers zu besitzen glaube, anfangen, wo es begann, und enden, wo einstweilen alles endete.

Zuerst kamen Autos mit hohen Offizieren vorbei, Tag und Nacht; dann kamen Omnibusse mit nicht sehr hohen Offizieren, dann Pferdewagen, und zum Schluß staubgepuderte Soldaten ohne Waffen, die Tag und Nacht an dem Gutshof vorbeimarschierten, in dem unser Marinestab damals untergebracht war. Die Offiziere in den Autos und Omnibussen sahen enttäuscht aus, saßen mit schweigender Bitterkeit in den Lederpolstern, während die Soldaten uns zuwinkten und lachten und riefen, daß der ganze Mist vorbei sei. Alle, die müde und lachend vorbeimarschierten, riefen es uns zu, Tag und Nacht, und schließlich muß es unser Admiral gehört haben, denn er nahm sein Auto und fuhr enttäuscht weg. Und nachdem er weg war und die waffenlosen Soldaten nicht aufhörten zu rufen, daß der ganze Mist vorbei sei, setzte sich unser Korvettenkapitän mit den verschiedenen Leutnants in den Omnibus und fuhr ebenfalls enttäuscht weg. Für den Bootsmann war kein Pferdewagen da, so verließ er uns zu Fuß, und während draußen noch immer Soldaten vorbeimarschierten, rief der letzte Stabsgefreite die Schreiber und Burschen zusammen und erklärte uns, daß nun alles vorbei sei. Er führte uns ins Magazin und forderte uns auf, von den Sachen so viel zu nehmen, wie wir tragen konnten, denn hinterher wollte er den Rest in die Luft sprengen. Wir suchten hastig nach Sahnemilch, nach Kognak, Zigaretten und Büchsenschokolade – aber seltsamerweise fanden wir nur Sauerkraut in Dosen und Erbsen und allenfalls fettes Schweinefleisch. Die besseren Sachen mußten offenbar termingerecht ausgegangen sein. Als ich mit meinem Seesack ankam, war nicht einmal mehr fettes Schweinefleisch da, und ich suchte verzweifelt herum, bis ich eine riesige Pappkiste fand, die man offenbar auch schon vor mir entdeckt, doch, weil nichts darin zu finden gewesen war, mit Fußtritten in eine Ecke geschubst hatte, denn quer über die Kiste zogen sich Schrammen von Stiefelsohlen hin – wie Stigmen der Enttäuschung. Ungeduldig öffnete ich die Kiste, sah, daß sie gefüllt war mit Sahnelöffeln,

Hunderten von Sahnelöffeln in rosa schimmerndem Seidenpapier, und gerade als ich ihr den letzten Fußtritt geben wollte, rief der Stabsgefreite von unten, daß die Sprengung vorbereitet sei. Verzweifelt sah ich mich um; nichts war in der Nähe als Sauerkraut und ein Gebirge von grauer RIF-Seife, deren Anblick schon genügte, um ein Schaudern hervorzurufen. So zwängte ich – vor der Wahl, entweder ohne etwas umzukehren oder mit dem absurden Reichtum der Sahnelöffel in Sicherheit zu gelangen (denn etwas mußte ich doch mitnehmen) – zwängte ich also die Pappkiste mit Hunderten von Sahnelöffeln in meinen Seesack, schwang ihn auf die Schulter, brach nahezu unter dem Gewicht zusammen, doch die Gefahr, die bereits Hölderlin in ähnlichem Zusammenhang erwähnte, gab mir die rettende Kraft: ich ließ den Seesack die Treppe hinunterfallen und sprang hinterher, gerade noch rechtzeitig genug. Später, nach der Sprengung, habe ich die Löffel gezählt, es waren zweihundertvierzig, oder zwanzig Dutzend, und mit ihnen auf dem Rücken zog ich die Straßen, die auch die lachenden Soldaten gezogen waren, die uns so oft zugerufen hatten, daß der ganze Mist vorbei sei.

Auch die Soldaten brachten etwas aus dem Krieg nach Hause: Konserven, Kugellager, Schnaps, Werkzeuge oder Zigaretten, und einer, der vom Nordkap kam, vertraute mir an, daß er sich zehntausend Stopfnadeln aus einem Schneidermagazin geholt hatte, bevor es in die Luft gesprengt worden war: jeder schleppte etwas nach Hause, die seltsamste Beute manchmal, doch Sahnelöffel hatte keiner, Sahnelöffel hatte nur ich, und ich verdankte diesen überraschenden Besitz lediglich dem Umstand, daß unser Marinestab zwei Jahre in Dänemark stationiert gewesen war. So war ich, als der Friede losbrach, Eigentümer von zweihundertvierzig Sahnelöffeln, ein Besitz, der mich anfangs ständig irritierte, denn einmal haßte ich Sahne, und zum anderen glaubte ich mich überwinden zu können, Schlagsahne, wenn es schon sein mußte, auch mit einem schlichten Löffel zu essen. Das verwirrte mich zunächst sehr, und es gab Stunden, Mittagsstunden in hämmernder Hitze, in denen ich, was sonst keineswegs üblich ist, meinen Besitz verfluchte. Doch ich brachte es nicht übers Herz, mich von ihm zu trennen, vor allem deswegen nicht, weil ich die Sahnelöffel mit der Zeit als ein ausgefallenes Honorar ansah, mit dem man mich für den ganzen Mist bezahlte, in dem ich gesteckt hatte. Ich behielt es also bei mir, zog in südliche Richtung und erreichte in frischem Frieden die Freie und Hansestadt Hamburg.

Da ich mich nicht entscheiden konnte, ob die Stadt mir gefiel, marschierte ich zum Bahnhof, ging in den Wartesaal und schob den Seesack unter den Tisch und stellte einen Fuß drauf, so wie alle, die ich sah, einen Fuß auf ihren Koffer, ihren Karton oder Beutel gestellt hatten. Ich bestellte eine warme Steckrübensuppe, einen Steckrübensalat hinterher, und während ich aß, kam ein kleiner Junge an meinen Tisch, Rotz und Fröhlichkeit im Gesicht; er beobachtete mich durch das blaßgrüne Glas einer Flasche, schnitt mir Grimassen, dann tauchte er, nestelte unter dem Tisch an meinem Seesack, und bevor ich ihn wegjagen konnte, hatte er drei Sahnelöffel in der Hand, mit denen er zu seiner Mutter rannte. Seine Mutter riß ihm die Löffel aus der Hand und brachte sie mir unter Entschuldigungen zurück.

Als ich bezahlen wollte, den verdrossenen Kellner heranwinkte, fiel sein Blick sofort auf die Sahnelöffel. Überraschend beugte er sich zu mir herab und flüsterte: »Wieviel?« Und ich flüsterte zurück: »Wieviel was?«, und er legte eine Schachtel englischer Zigaretten auf den Tisch, legte fünfzig Mark dazu und strich die Löffel ein und fragte: »Einverstanden?« Ich verstand schneller, als ihm angenehm sein konnte, obwohl ich mir Mühe geben mußte, meine Verblüffung zu verbergen. Ich brachte einen Ausdruck von Zögern, von Unentschiedenheit in mein Gesicht, worauf er zwanzig Mark zulegte und ging. Instinktiv hob ich meinen Seesack auf, nahm ihn fest zwischen die Knie – so als sei mir in diesem Augenblick erst bewußt geworden, welch einen Schatz ich bei mir hatte.

Meine Verblüffung schwand und schwand nicht: in welch eine Zeit war ich hineingeraten? Was hatte es zu bedeuten, daß man nur Sahnelöffel auf den Tisch zu legen brauchte, um sofort ein Angebot zu erhalten? War das die neue Währung? Trugen die Leute neuerdings vielleicht Sahnelöffel in der Lohntüte nach Hause? Ich studierte die Speisekarte, in der Meinung, es herrsche ein Überangebot an Sahne, zu der man nur entsprechende Löffel brauchte, doch auf der Speisekarte waren lediglich Heißgetränke erwähnt, Räucherfischpaste und die dralle Steckrübe in vierundzwanzig Variationen. Wahrscheinlich, sagte ich mir, ist in meiner Abwesenheit ein Vorhaben Nietzsches ausgeführt worden, eine Umwertung aller Werte, bei der Löffel einen neuen Kurs erhalten hatten. Neugierde, und zwar schöpferische Neugierde, erwachte in mir, die Freie und Hansestadt Hamburg begann mir zu gefallen, und mit zweihundertsiebenunddreißig blanken Dingerchen auf dem Rücken beschloß ich, ein Zimmer zu suchen.

Das Wohnungsamt war wegen Überfüllung geschlossen, doch ich konnte warten, legte mich neben die rote Backsteinmauer, nahm meinen Seesack als Kopfkissen. Ich schlief nicht ein, denn ständig kamen Leute vorbei, wütende, schimpfende, aufgebrachte Zeitgenossen, die ergebnislos verhandelt hatten und nun die interessantesten Flüche hören ließen. Ich merkte mir einige der Flüche für alle Fälle, dann wurde ein neuer Schub reingelassen, wälzte sich unendlich langsam durch die Korridore, verteilte sich vor Zimmertüren, an denen Pappschilder mit Anfangsbuchstaben angeklebt waren, und schließlich stand ich in einem kahlen Raum, sah mich einem feindseligen, zerknitterten Gesicht gegenüber, das sozusagen lippenlos geworden war vom vielen Nein-Sagen. Argwöhnisches Warten, während ich, nach einem sehr höflichen Gruß, meinen Seesack bumsend absetzte, die Schnur aufzog und – wortlos, ohne Eile – eine Handvoll Sahnelöffel aus dem rosafarbenen Papier wickelte. Mit schöner Selbstverständlichkeit legte ich das blitzende Zeug auf den Festungstisch, hinter dem, unerreichbar, das feindselige Gesicht stand. Jetzt blickte ich es mit der mir eigenen, großäugigen Melancholie an und sagte leise: »Nun bin ich zurückgekommen. Ich habe mir erlaubt, unterwegs an Sie zu denken. Es ist nur ein kleiner Gruß von vorn.« Darauf senkte ich den Blick, sah zwei gelbliche, magere Hände über dem Tisch erscheinen und nach den Sahnelöffeln, es waren sieben, schnappen, wie ein Fisch nach einem Insekt schnappt, sah weiter, wie meine Löffel herabgezogen wurden in die Dämmerung heimlicher Schubladen, und als ich den Kopf wieder hob, sah ich ein nachdenkliches Gesicht vor mir.

»Ich habe nur ein unheizbares Zimmer.«

»Es wird reichen«, sagte ich, in Gedanken an die zweihundertdreißig Sahnelöffel, die noch im Seesack steckten.

Dann empfing ich meinen Einweisungsschein, wechselte einen warmen Händedruck und machte mich vergnügt pfeifend zu meinem neuen Heim auf, mißtrauisch verfolgt von den Blicken der Wartenden.

Meine Wirtin, eine schwermütige, athletische Frau, empfing mich im Kittel, blickte flüchtig auf den Einweisungsschein und zeigte mir mein Zimmer. Sie hatte einst bei der weiblichen Polizei gedient, war norddeutsche Judo-Meisterin gewesen, doch aus irgendeinem Grund hatte sie vorzeitigen Abschied genommen. Zur Begrüßung kochte sie Kaffee. Ich schenkte ihr einen Sahnelöffel, den sie lange betrachtete und mir dann zurückgeben wollte, weil sie glaubte, er sei zu kostbar. Als ich ihr anvertraute, wieviel ich davon besaß, verschwand sie für kurze Zeit und kehrte mit einer Flasche wieder, die zu einem Drittel mit Schnaps gefüllt war. Wir tranken den Schnaps, worauf ich mich auf die kratzige, rote Plüsch-Couch legte und acht Tage liegenblieb. Meine Wirtin versorgte mich. Geschäftig ging sie hin und her, brachte Tee, Käsebrote, manchmal auch Fleisch und Honig; sanft servierte sie, sanft trug sie ab, und nach acht Tagen war ich ausgeschlafen und hatte die Wirkung des Alkohols überwunden. Während ich mich vergnügt über dem Ausguß rasierte, brachte sie das Frühstück herein, und bei diesem Frühstück vollzog sich sozusagen die Wiedergeburt eines jungen Mannes aus dem Geiste des Mangels.

Sie – meine Wirtin – gestand mir, daß sie während meiner achttägigen Müdigkeit mehrere Sahnelöffel eingetauscht hatte, auf dem Schwarzen Markt, wie sie sagte, und sie erinnerte mich an Käse, Fleisch und Honig, die sie dafür bekommen hatte. Von ihr hörte ich den Ausdruck zum ersten Mal: »Schwarzer Markt«; ich muß gestehen, daß ich einen Augenblick lang an Brikett dachte, doch nur einen Augenblick, denn ich empfand sofort eine eigentümliche Sympathie für diesen Ausdruck, eine unerklärliche Hingezogenheit – etwa wie Rimbaud zu illegalen Waffengeschäften.

Ich wiederholte unhörbar diesen Ausdruck, der auf Geheimnis und Vorteil zu verweisen schien, und später, nachdem ich gefrühstückt, nähere Auskünfte erhalten und mir – für alle Fälle – einige Sahnelöffel eingesteckt hatte, zog ich los, um den Schwarzen Markt leibhaftig zu erfahren. Meine Wirtin hatte mir die Straße beschrieben, in der mein Markt stattfand, eine stille Trümmerstraße, in der einst Villen gestanden hatten; ich fuhr hin, glücklich und verwirrt. Ah, ich werde diese erste Begegnung nie vergessen, die sonderbare Überraschung, die ich erlebte! Ich hatte nichts vor. Ich wollte nur sehen, und ich sah mehr, als ich erwartet hatte.

Die Sonne schien. Die Straße war still, ohne Verkehr. Nirgendwo ein Stand, eine Marktbude; nur Männer und Frauen, die – und das mutete einen Fremden zunächst rätselhaft an – auf und ab schlenderten, gelassen nach außen hin, wenn auch eine versteckte Wachsamkeit in ihren Gesichtern lag. Sie gingen vorbei, ohne einander anzusehen, mit vorgegebener Gleichgültigkeit. Niemand schien in Eile. Auch ich ging die stille Straße hinab, schlendernd wie die anderen. War das der Markt, den ich erträumt hatte? Wo war das Geheimnis, wo der Vorteil? Und wie erfolgte der Handel? Aufmerksam ging ich weiter, und dann, ja, dann merkte ich es: ich hörte die Vorübergehenden leise sprechen, es klang wie Selbstgespräche, so daß ich an Kinder denken mußte, die, wenn man sie zum Einkaufen schickt, unaufhörlich wiederholen, was sie mitbringen sollen: einen Liter Milch, einen Liter Milch …

Auch die Leute, die sich hier gelassen aneinander vorbeischoben, wiederholten unaufhörlich denselben Spruch, als fürchteten sie, sie könnten ihr Stichwort vergessen. Ich hörte genau hin, hörte Stimmen, die im Vorbeigehen ehrgeizlos flüsterten: »Brotmarken« oder »Nähgarn«, hörte eine Frau, die mit gesenktem Blick nur ein einziges Wort sagte: »Marinaden, Marinaden«, ein Greis murmelte: »Bettzeug«, ein rotgesichtiges Mädchen: »Amis«. Jede Stimme empfahl ehrgeizlos etwas anderes: Schuhe, Fischwurst, Stopfnadeln – vielleicht waren es die vom Nordkap –, Uhren, Schinken, Kaffee und Eipulver. Niemand gab sich aufdringlich, marktschreierisch – wie wohltuend war doch die Diskretion meines Marktes. Ich empfand, während ich leise »Sahnelöffel, Sahnelöffel« zu flüstern begann, die tiefere Bedeutung dieses Vorgangs: die Nachfrage übertraf das Angebot bei weitem, der Mangel triumphierte, bestimmte den Kurs, und die Zeitgenossen bewiesen, daß sie dem Mangel gewachsen waren. Eine Revision der alten Werte hatte stattgefunden, die Not setzte den Preis fest. Man bezog, was man gerade effektiv brauchte, und nicht, was man zu brauchen glaubte – nicht mehr. Der unmittelbare Bedarf hatte den Vorrang. Die Bezahlung wurde von gegenwärtigem, nicht von zukünftigem Verlangen bestimmt, und was besonders zu Ehren kam, war die uralte Praxis der ersten Märkte – der Tausch. Ich selbst wurde es gewahr, denn nachdem ich mehrmals »Sahnelöffel, Sahnelöffel« geflüstert hatte, setzte sich mir ein hagerer Mann auf die Spur, drängte mich hinter eine geborstene Mauer, wo ich – nur aus Spaß und Neugierde – ein Angora-Kaninchen eintauschte. Allerdings trug ich es nicht nach Hause, sondern stieß es gleich gegen wollenes Unterzeug ab, erhielt dafür wieder englische Zigaretten und bezahlte mit ihnen drei Flaschen Bratenöl, das sich indes, später zu Hause, als Torpedoöl herausstellte. Doch obzwar die Bratkartoffeln das Bild einer Seeschlacht vor meinem Auge hervorriefen, war ich mit allem zufrieden, was ich für den Anfang erfahren hatte. Ich war auf den Geschmack gekommen. Die erste Begegnung hatte mich bereits elektrisiert. Ein Ziel begann sich deutlich abzuzeichnen, die Zuversicht einzustellen, daß ich dieses Ziel erreichen würde. Ich hatte ohne Anstrengung einen Beruf gefunden. Das Abenteuer konnte beginnen.

II

Mit dem Ruhm ist es wie mit dem Kapital: das erste Guthaben erwirbt man sehr mühsam, von einer gewissen Höhe ab braucht man nichts mehr zu tun; dann vermehren sich Ruhm und Kapital mit der überzeugenden Fruchtbarkeit der Natur. Auch mein Anfang war von Mühe nicht frei. Zwar besaß ich noch über zweihundert Sahnelöffel, die aus dem Magazin meines Marinestabes stammten, doch ich kann nicht sagen, daß sie ausreichten, um meinen Ruf auf dem Schwarzen Markt zu begründen. Ich benutzte sie allenfalls zu gelegentlichen Subalterngeschäften – tauschte etwa eine Matratze ein, ein Bild (Heidelandschaft) und eine Kiste Margarine, aber es gelang mir einstweilen nicht, einen interessanten Namen zu erwerben, sozusagen eine Gütemarke meines schwarzen Wappenschildes. Das erfolgte erst später, und zwar anläßlich einer Siegesfeier, die unsere alliierten Freunde in ihrem Victory-House feiern wollten. Diese Siegesfeier verhalf mir zu unerwartetem Prestige, und ich kann ohne

Eitelkeit sagen, daß mich ein ganzes Bataillon der berühmten »Wüstenratten«, das sich in Nordafrika so bemerkenswert hervorgetan hatte, als Künstler des Mangels feierte – was natürlich nicht verborgen blieb und auf meinen Markt zurückschlug.

Jene Siegesfeier, welche unsere alliierten Freunde zu feiern entschlossen waren, litt unter einem überraschenden Mangel: es fehlte ein gewisses Quantum Schnaps, ohne den ja – was jeder weiß – auch ein strahlender Sieg eine melancholische Angelegenheit werden kann; und außerdem handelte es sich bei den Teilnehmern der Feier um »Wüstenratten«, bei denen man chronischen Durst schon beim Klang des Namens voraussetzen darf. Ich erfuhr das von Allan, einem sehr liebenswürdigen Korporal, den meine Wirtin, schwermütig und athletisch, eines Tages in die Wohnung brachte. Allan war Kantinen-Korporal, was für den Instinkt meiner Wirtin sprach – wenngleich ich es ihr auch nicht allzu hoch anrechnete, da sie ja ehedem bei der weiblichen Polizei gedient hatte. Jedesmal, wenn Allan uns besuchte, war er tadellos gepolstert mit Schokolade, Konserven und Büchsenkaffee, und während wir ihn am Anfang in ungestümem Spiel Zentimeter für Zentimeter absuchten, begnügten wir uns später damit, zuzusehen, wie er lakonisch die Feldbluse hochzog und seine

Mitbringsel auf den Boden plumpsen ließ – gleichsam ein lustloses Wunderhorn.

Seine Lustlosigkeit war an jenem Abend besonders groß, als er uns anvertraute, daß eine Siegesfeier zwar terminiert war, daß aber alle seine Kameraden ihr ohne Freude entgegensähen, da pro Mann nur eine drittel Flasche Whisky vorgesehen sei. Wir, meine Wirtin und ich, empfanden freundschaftliches Bedauern, ja, da es sich um nicht vorhandenen Alkohol handelte, sogar Mitleid; schließlich hatte bereits Dostojewskij, der vom Trinken etwas verstand, verlautbart: Mann, Mann, ohne Mitleid geht es nicht.

Da es mir wirklich leid getan hätte, wenn die berühmten »Wüstenratten« auf ihrer Siegesfeier gewissermaßen mit einer Fatamorgana hätten vorliebnehmen müssen, forschte ich verzweifelt nach einer Möglichkeit, um das ganze Bataillon – bildlich gesprochen – zu einer Zisterne zu führen.

Ich fand keine Möglichkeit; doch in leichtsinniger Kühnheit sprang ich plötzlich auf – so wie möglicherweise Entdecker aufspringen, wenn sie einen Bazillus unverhofft ausgemacht haben – und sagte zu Allan: »Sorry, Allan, daß ihr für die Siegesfeier keinen Schnaps habt, sehr sorry. Aber macht euch keine Sorgen. Ich werde ihn beschaffen, und zwar für alle, fürs ganze Bataillon.« Allan reichte mir spontan die Hand, meine Wirtin jedoch musterte mich mit durchdringender Skepsis. Ich gestehe, in diesem Augenblick war ihre Skepsis angebracht. Ein wesentliches Element des Schwarzen Marktes ist die Überraschung, ist der Zufall; d. h. man kauft zunächst einmal nicht das, was man gerne will, sondern was sich zufällig oder günstig bietet. Der schönste Markt herrscht immer da, wo man den Augenblick am Schwanz packen kann. Worauf hatte ich mich nur eingelassen mit meinem leichtfertigen Versprechen? Würde mein Markt solch ein Angebot bereithalten? Nachdem Allan gegangen war, machte meine Wirtin mir die erwarteten Vorwürfe; sie liefen an mir herunter wie Wasser an einer Ente. Ich spürte nichts als eine Chance und setzte auf sie.

Am nächsten Morgen bereits machte ich mich auf in die Trümmerstraße, wo – lautlos, argwöhnisch und diskret – der Schwarze Markt stattfand. Wachsame Gesichter schoben sich vorbei, ich hörte die halblauten, monoton geflüsterten Angebote: »Marinaden, Marinaden«, hörte eine Frauenstimme sagen: »Socken für den Winter«, Angebote, die ich nicht zur Kenntnis nahm.

Eine begründete Unruhe begann mir zuzusetzen: ich dachte an die anberaumte Siegesfeier, an ein durstiges Bataillon von »Wüstenratten«, das sich auf die Feier freute, weil es meinem Versprechen vertraute. Ich hatte vier Tage Zeit. Ich ging die Straße hinauf und hinab, horchte auf die Stimmen und kalkulierte Preis und Gewinn: vier Schachteln Zigaretten wollten die »Wüstenratten« pro Flasche zahlen; eine Schachtel kostete hundertzwanzig Mark, eine Flasche Schnaps zweihundertvierzig –: zügig rechnete ich alles durch und kam zu dem Ergebnis, daß ich bei rund fünfhundert Flaschen beiläufig tausend Schachteln Zigaretten für meine schöpferische Begabung erhalten würde, wenn sie den akuten Mangel der »Wüstenratten« aufhob. Triumph der Gelegenheit! Mit der Erregbarkeit des Künstlers tat ich mich um. Es sah schwarz aus. Obwohl ich – bis auf eine kurze Mittagspause – den ganzen Tag arbeitete, hörte ich nur zweimal eine Stimme »Alkohol« murmeln: einmal war es ein unrentabler Krönungskognak aus der Zeit Napoleons, den eine gebildete alte Dame anbot; beim zweiten Mal handelte es sich um einen Kanister Brennspiritus – von einem Mann offeriert, der wie ein hungernder Feuerschlucker aussah, der seine eiserne Ration abstoßen wollte. Nach kurzer Vergewisserung verzichtete ich auf beides.

Schon wollte ich den Schwarzen Markt verlassen, als – in der Dämmerung – doch noch das Glück kam. Dieses Glück – das sich allerdings später nicht als vollkommen rein erwies – kam in Gestalt einer kräftigen, energischen Frau, die wie eine Fregatte durch die Trümmerstraße segelte, selbstgewiß um sich blickte und, ohne eine Hand vor den Mund zu nehmen, »Fusel« sagte, »prima Fusel.« Sie sagte nicht Kognak oder Schnaps oder Alkohol, sondern »prima Fusel«, und das klang wie eine aufrechte Untertreibung, hinter der sich, wie mir schien, ein sozusagen köstlicher Tropfen verbarg. Als sie es zu mir sagte, hob ich den Kopf, nickte und gab ihr durch mein Nicken zu verstehen, daß ich interessiert sei. Von diesem Augenblick an schwieg sie, gab mir Gelegenheit, mich auf ihre Spur zu setzen, und sie ging vor mir her zu einer Kneipe. An einem Ecktisch nahmen wir Platz, und wir schüttelten uns die Hand wie alte Bekannte oder Komplizen – eine Wahrnehmung, die ich später noch oft machen sollte: der Schwarze Markt verband die Zeitgenossen in einer ganz bestimmten Art von Rabentraulichkeit. Er rief tatsächlich etwas wie eine schwarze Familiarität hervor. Man kam ohne große Vorverständigung zueinander. Außerdem beeinflußte er in gewisser Weise auch die Sprache, zeigte ein überraschendes Vokabular. Beispielsweise sagte die Fregatte, als wir uns am Ecktisch niederließen: »Anita enttäuscht nicht. Auf wieviel Pullen willst du stehen?« Ich zögerte, dachte, daß sie mir bestenfalls zehn Flaschen würde überlassen können, doch um meinen Bedarf anzuzeigen, sagte ich träumerisch: »Fünfhundert.«

Sie stutzte nicht einen Augenblick, sagte vielmehr ohne Verwunderung: »Fünfhundert, bis wann?« »Bis morgen«, sagte ich. »Bei Überstunden wird's möglich sein«, sagte sie. »Fünfhundert?« fragte ich skeptisch. »Die Pulle zu zweihundertfünfzig«, sagte sie. »Zu zweihundert«, sagte ich. »Zu zweihundertvierzig«, sagte sie. »Abgemacht«, sagte ich, denn damit waren wir auf dem Preisniveau, das ich kalkuliert hatte. Bevor wir uns noch über die Einzelheiten verständigten, machte mir Anita ein neues, überraschendes Zusatzangebot. Sie sagte: »Ich habe einen feinen Posten Unterröcke; bei gleichzeitiger Abnahme verbilligt sich die Flasche um 40. Diese Qualität.« Sie zog ihren Rock leicht an, unter dem sie ein halbes Dutzend Unterröcke von einwandfreier Qualität trug, doch ich konnte mich zu dem Koppelgeschäft nicht entschließen. Wenn meine Auftraggeber Schotten gewesen wären, hätte ich ohne Zögern abgeschlossen, die »Wüstenratten« aber trugen Hosen; und so durfte ich voraussetzen, daß in diesem Fall kein gerichteter Mangel bestand. Ich zog, zum Zeichen meines Verzichts, ihren Rock über das Angebot und verabredete die Bedingungen unseres abgeschlossenen

Geschäftes. Anita gab mir eine Adresse, nannte eine Stunde, zu der ich mit einem Jeep dort aufkreuzen und warten sollte – Bezahlung bei Entgegennahme der Ware –, dann tranken wir einen Grog zusammen, politisierten ein wenig und verabredeten uns für den entscheidenden Abend.

Allan war pünktlich. Er erschien mit dem Kantinen-Jeep, auf dem die Zigaretten verstaut waren, und in glücklicher Erregung fuhren wir los und suchten die angegebene Adresse. Wir fuhren auf und ab, ohne die Nummer zu finden, die Anita genannt hatte. Es waren kaum Häuser in der Gegend, und die Nummer 28–30 gehörte, auch wenn wir es zunächst nicht glauben wollten, dem Naturkunde-Museum, das reglos, in schweigender Düsternis vor uns lag.

Enttäuscht hielten wir schließlich, setzten uns eine Frist und warteten, und auf einmal, nie werde ich es vergessen, segelte Anita in weißer Schürze durch den Säulengang, lautlos wie der Fliegende Holländer. Sie kam einige Stufen herab, hielt Ausschau; dann winkte sie mir, und ich ging hinauf. Wortlos ergriff sie meine Hand, führte mich durch dunkle Korridore, in denen es muffig roch, eine Steintreppe hinab, bis es kalt und zugig wurde und ich merkte, daß wir im Keller waren. Vorsichtig drückte sie eine

Tür auf. Der Raum war erleuchtet, und was ich sah, verschlug mir für einen Augenblick die Sprache.

Ein sehr junger und ein sehr alter Mann, beide in weißen Kitteln, waren damit beschäftigt, ein endloses Spalier von runden, dickwandigen Glasbehältern zu öffnen, Behältern, wie sie zum Anschauungsunterricht in den Schulen Verwendung finden. Eine einzige, nackte elektrische Birne brannte, und in ihrem Schein bemerkte ich, daß viele der Behälter gefüllt waren: Frösche schwammen darin, von der Kaulquappe bis zum großen Mutterfrosch; wie Ringelwürmer aussehende Tiere, Fische, schwarze Vipern, flockig gewordene Tierleichen. Hastig kippten die Männer den Inhalt der Gläser in ein riesiges Sieb, das über einem Bottich hing. Sie summten bei der Arbeit ein Lied. Die toten, glitschigen Tiere häuften sich auf dem Sieb, tropften gemächlich ab. Ich sah, daß die Glasbehälter säuberlich beschriftet waren, roch einen dunstigen Alkoholgeruch.

Anita beobachtete mich triumphierend, wies dann in eine Ecke, in der eine große Anzahl abgefüllter Flaschen stand, und sagte: »Vierhundertfünfzig sind o. k., Junge. Garantiert prima Fusel. Den Rest müssen wir noch abgießen.« Ich blickte rechtschaffen verstört auf die heillose Szenerie und dachte an das Bataillon von »Wüstenratten«, an ihre Siegesfeier, auf die sie sich bereits freuten. Meine gequälte Phantasie trug mir Bilder zu: Kaulquappen im Glas, flockiges, rosiges Fleisch eines seltenen Fisches, das eine »Wüstenratte« plötzlich entdeckte; schaudernd drehte ich mich um.

»Was ist los?« fragte Anita. »Das ist prima Ware. Davon wird bestimmt dein ganzes Bataillon besoffen.«

»Die Tiere«, sagte ich. »Den Tieren macht das nichts aus«, sagte Anita, »die sind tot.« »Aber der Geschmack«, sagte ich, »der ganze Schnaps schmeckt doch nach Ringelwürmern und Laubfröschen.« »Keine Spur«, sagte Anita, »das ist Ia Präparieralkohol, hochprozentig, nur ein bißchen bräunlich geworden, aber das macht nichts: jetzt sieht er gerade wie ein alter, abgelagerter Kognak aus. Probier mal.« Sie hielt ein Glas unter das heftig tropfende Sieb, wartete, bis es zur Hälfte gefüllt war und reichte es mir. »Versuch mal, schmeckt sehr gut.« Ich winkte ab, sie setzte das Glas an, trank es mit einem Schluck aus, seufzte genießerisch und wischte sich den Mund ab. »Der Schnaps ist für eine Siegesfeier bestimmt«, sagte ich. »Sehr gut«, sagte Anita, »wir können ihn Victory-Schnaps nennen. Wer ihn trinkt, vergißt ihn nie.« Dann schob sie mich zur Seite, nahm das Sieb vom Bottich, warf die Tiere in einen Metalleimer und machte sich daran, leere Flaschen abzufüllen. Dabei fiel sie in die Melodie ein, die ihre beiden Gehilfen summten.

Während sie die letzten Flaschen abfüllten, ging ich zurück zu Allan, der draußen wartete, hochfuhr, als er mich sah und voll glücklicher Erwartung fragte: »Alles fein, ja? Die Siegesfeier muß doch nicht ausfallen?« Ich sah ihn lange an, bevor ich antwortete. Nein, ich brachte es nicht übers Herz, seine Freude auf die Siegesfeier zu schmälern. Ich nickte und bestätigte: »Alles fein. Gleich können wir aufladen.« Ich tat es um so leichter, als ich Anita selbst hatte trinken sehen – das genügte mir, zumal ich nicht annehmen wollte, daß die »Wüstenratten« empfindlicher sein könnten als Anita.

Wir warteten noch einen Augenblick, dann stiegen wir beide hinab in die Kellergewölbe, tasteten uns vor, bis wir Anita fanden, dann machte Allan die Schnapsprobe. Er blickte auf die Flaschen, die in Zehnerreihe auf der Erde standen, beugte sich herab, bat Anita, eine bestimmte Flasche zu öffnen. Sie tat es mit strahlendem Eifer. Ich wandte mich ab. Ich hielt den Atem an, als ich das Gluckern der Flasche hörte, trat unwillkürlich zur Seite, so als könnte sich jeden Augenblick eine Explosion ereignen, doch zu meiner Verwunderung hörte ich Allan seufzen, wie

Anita geseufzt hatte, und er stieß mich in die Rippen und sagte: »Alles fein, alles fein.«

Sodann fuhren wir den Jeep auf den Hof an ein Kellerfenster, und während Allan und die beiden Gehilfen den Schnaps aufluden, regelte ich mit Anita den geschäftlichen Teil; das heißt, ich zweigte mein Honorar von tausend Schachteln Zigaretten für mich ab. Ich war mir bewußt, daß ich, mit den Sahnelöffeln zusammen, nunmehr über ein zufriedenstellendes Anfangskapital verfügte. Heute wäre das ein völlig profaner Besitz, in meiner Zeit jedoch, in der Zeit des Schwarzen Marktes, bedeuteten Zigaretten und Sahnelöffel so viel, daß man sich dem Abenteuer der Zukunft getrost stellen konnte.

Immerhin, da jener Markt schwarz war, lief jeder, der auf ihm tätig war, etliche Risiken, denn es versteht sich von selbst, daß Sicherheits-Garantien – die dem Leben heute alle Spannung nehmen – nicht so ohne weiteres zu erhalten waren. Ich persönlich nannte die Zeitspanne zwischen dem Verkauf und dem Augenblick, da der Kunde unwiderruflich außer Sichtweite war, die Qual des freien Schußfelds. Man wird verstehen, warum: wenn man sich nämlich – auch nur für kurze Zeit – aus den Augen verloren hatte, dann war man in Sicherheit, jeder Umtausch ausgeschlossen. Kein Geschäft konnte dann rückgängig gemacht werden. Man mußte nur, wie gesagt, das freie Schußfeld hinter sich bringen.

Was nun die Siegesfeier der »Wüstenratten« betrifft, so endete das Schußfeld – in übertragenem Sinne – an dem Tag, an dem alle, die von Anitas »prima Fusel« getrunken hatten, erwachen würden. So lag ich verstört und gespannt in meinem Zimmer; an Schlaf war nicht zu denken. Immer wieder zog es meine Gedanken zum Victory-House. Was würde sich dort ereignen? Welche Überraschungen würde die Feier bringen? Unruhig wälzte ich mich in meinem Bett, und als ein Jeep unten auf der Straße hielt, laute Stimmen meinen Namen riefen, sprang ich auf und zog mich schnell an. Ich beschloß, mich dem Verhängnis zu stellen. Zwei mir fremde »Wüstenratten«, die stark nach Anitas Fusel rochen, kamen herein, forderten mich freundlicher, als ich gedacht hatte, auf, mitzukommen. Ich ging mit und nahm zwischen ihnen im Jeep Platz. Wieder trug meine Phantasie mir quälende Bilder zu: Soldaten, die sich mit Schmerzen am Boden wanden, andere, die der Fusel irre gemacht hatte, und wieder andere, die, aller natürlichen Hemmungen beraubt, ihre Offiziere folterten. Schließlich kann niemand die Folgen absehen, die ein Alkohol verursacht, in dem jahrelang Frösche gelegen haben, seltene Sandvipern und Ringelwürmer. Lallend zogen mich die Soldaten vor dem Victory-House aus dem Jeep, führten mich eine Treppe hinauf in einen riesigen Saal. Und in dem Augenblick, da ich den Saal betrat, sprang Allan auf einen Tisch, zeigte auf mich und rief etwas, was ich in meiner Erregung nicht verstehen konnte. Jedenfalls setzte ein ohrenbetäubender Lärm ein, Jubel, Pfiffe der Anerkennung gellten, Mützen flogen durch die Luft und zumindest zweihundert »Wüstenratten« drängten sich, um mir die Hand zu schütteln oder mich sogar zu umarmen. Zwei gingen so weit, mir ihre Orden, die sie sich redlich verdient hatten, an die Jacke zu stecken. Schließlich aber kam ein schnauzbärtiger Offizier schwankend auf mich zu, winkte, worauf ein Steward mit zwei Gläsern und einer von Anitas Flaschen erschien. Auf einen Wink schenkte er ein. »Ich trinke jetzt«, so sagte der Offizier, »auf den Zauberer, dem wir die Stimmung dieser Feier zu verdanken haben, auf den Mann, der uns diesen vortrefflichen Schnaps besorgt hat. Ah!«

Ich sah schaudernd in mein Glas, in dem leicht eine braune, flockige Flüssigkeit schwappte. Was sollte, was konnte ich tun? Ich trank, trank mit geschlossenen Augen. Und der Schnaps ... schmeckte wirklich vortrefflich.

III

Bitter sind oft die Zeiten der Lehre – auch für einen Schwarzhändler. Auch ich lernte die Nöte des Anfangs kennen, mußte einstecken, probieren, den Irrtum anerkennen, der unser aller Lehrer ist. Auch ich mußte zunächst dankbar annehmen, was der Zufall mir brachte, mußte also gleichsam mit den Knochen des Augenblicks vorliebnehmen. Gewiß, ich verfügte bereits über ein passables Grundkapital, rund zweihundert Sahnelöffel und tausend Schachteln Zigaretten, und die fünfhundert Flaschen Präparieralkohol, die ich den »Wüstenratten« zu ihrer Siegesfeier verschaffen konnte, begründeten meinen Ruf als Magier des Schwarzen Markts; doch einstweilen galt ich allenfalls als Talent.

Ich mußte die Waren, die ich beschaffte, noch berühren. Ich mußte mich um jedes Geschäft selbst kümmern. Ich konnte noch nicht wählen. Und jeder, der nicht frei wählen kann, was er tun oder lassen möchte, wird mir beipflichten, daß dies ein zehrender Zustand ist. Aber, wie gesagt, auch ein Schwarzhändler bleibt nicht von der Mühsal der Lehrzeit verschont, muß sich unterwerfen und, nur zu oft, eine dürftige Gelegenheit ausnutzen.

Solch eine Gelegenheit ergab sich für mich einmal, als ich auf einem Poller am Hafen saß, unter schwächlicher Sonne, und auf das öltrübe Wasser blickte. Ich dachte an eine Auseinandersetzung, die ich mit meiner schwermütigen, athletischen Wirtin gehabt hatte, eine beinahe wortlose Auseinandersetzung, die sich an jedem Monatsersten ergab: sie wollte keine Miete von mir annehmen, ich aber drängte darauf, zu bezahlen. Sie sagte etwa: »Wenn man denkt, wie du und ich zusammenleben, dann ist es eine Beleidigung, wenn du Miete bezahlen willst.« Und ich antwortete ständig: »Es gibt keine Art von Zusammenleben, die Korrektheit ganz und gar ausschließt.« Daraufhin lächelte sie jedesmal schmerzlich und behandelte mich achtundvierzig Stunden lang mit vorwurfsvollem Schweigen.

Um diesem Schweigen also zu entgehen, war ich an den Hafen gefahren, saß auf einem eisernen Poller und blickte auf den Strom. Es war ein warmer Tag, ich hatte das Jackett ausgezogen, die Ärmel hochgekrempelt, und ich befand mich durchaus in der gleichen Stimmung wie jener Dichter, der gesagt hat: »... und nichts zu suchen, das war mein Sinn.«

Doch wer schon selbst nicht sucht, ist beileibe noch nicht sicher davor, daß er nicht von andern gesucht wird. Plötzlich sah ich einen gedrungenen Schatten vor mir, und bevor ich mich noch umdrehte, spürte ich rauhe Fingerkuppen, die leicht, mit einer seltsamen Anerkennung, über meinen Bizeps fuhren, dann eine Hand, die vorsichtig auf meine Schulter klatschte. Eine durchaus nicht unsympathische Stimme sagte: »Liegen allerhand Kräfte brach bei dir, was?«

Jetzt wandte ich mich um und sah einen schmächtigen, grinsenden Kumpel mit stumpfem Haar und bläulich gesprenkelten Wangen. Er trug ein zerknautschtes Jackett, einen fleckigen Binder und auf dem Binder eine Ansteckperle, wie ich sie in dieser Größe nie zuvor gesehen hatte. Auf seinem Gesicht lag ein Ausdruck vergnügter Gerissenheit. Ich war wehrlos gegen die eigentümliche Hingezogenheit, die ich sofort für ihn empfand. »Wenn du willst«, sagte ich, »werde ich dir die Hälfte des Pollers abtreten. Es sitzt sich gut hier.« »Bin nicht scharf darauf«, sagte er. »Aber du könntest mir was anderes abtreten: die Hälfte von deinem Bizeps, das würde mir schon reichen. Wenn du nicht gerade Senator bist, solltest du das tun, es lohnt sich.«

Jetzt sah ich mir den Kumpel genauer an, und auch

er musterte mich mit freimütiger Offenheit, eindringlich forschend und taxierend. Schließlich fragte er: »Also?« »Ich habe nie etwas gegen Sachen, die sich lohnen«, sagte ich. Er nickte. Er lächelte, nickte und war zufrieden. Der allgemeine Mangel damals bewirkte, daß man rasch zueinander fand; man war auf gleiche Wellenlänge geschaltet; ein langwieriges Prüfen, Abtasten, Ausnehmen – das war nicht nötig. Der Schwarze Markt, mein Lieblingsmarkt, sorgte für den kürzesten Weg zueinander.

Mein Kumpel bot mir eine halbe Zigarette an, ich gab ihm Feuer, und dann schlenderten wir gemächlich plaudernd – wir plauderten über die Eigenarten des Bajonett-Angriffs –, schlenderten also zu einem trübsinnigen, fünfstöckigen Mietshaus, das die tobsüchtigen Bomben verschont hatten und in dem mein Kumpel wohnte. Er wohnte im fünften Stock. Seine Frau – ich vermute, es war seine Frau – öffnete, ein blondes, schweres Mädchen mit fettigem Haar, das, sooft ich es sah, ein pausbäckiges Baby im Reitsitz auf der Hüfte trug.

Wir gingen zuerst ins Wohnzimmer, sahen eine Weile auf die Trümmerwiese unter uns, dann deutete er auf eine Photographie an der Wand, die meinen Kumpel in Uniform zeigte, mit einem sogenannten Ritterkreuz um den Hals. »Diese Blechkrawatte«, sagte er, »hat sich bezahlt gemacht: einen Monat dick zu rauchen, sechshundert Zigaretten.« Dann schob er mich in die Küche.

Das erste, was ich in der Küche entdeckte, entdecken mußte, war der Sarg. Es war kein neuer Sarg, doch tadellos erhalten, mit Messingleisten beschlagen. Er stand halb unterm Tisch, und ich sah, daß die Politur beschlagen war von Küchendämpfen. Verschreckt, aufrichtig verstört blieb ich stehen, während seine Frau – oder das Mädchen, das ich für seine Frau hielt – gleichgültig in einem Grießbrei rührte, der für das auf der Hüfte reitende Baby bestimmt war. Ich starrte auf den Sarg. Ich sagte: »Herzliches Beileid. Wen hat's denn bei euch erwischt?« Er lächelte kummervoll. »Unsere Oma«, sagte er. »Sie stirbt jede Woche einmal, jeden Dienstag.« »Ist der Sarg gefüllt?« fragte ich. »Heute ist nicht Dienstag«, sagte er.

Nachdem das Baby, gefüttert, auf der bemerkenswerten Hüfte eingeschlafen war, tranken wir Kaffee, und beim Kaffee erläuterte mir mein Kumpel, wofür ich ihm meinen Bizeps abtreten sollte. Wenn ich mich recht erinnere, sagte er etwa folgendes: »Du weißt, Junge, wie schwierig es heute ist, an ein gutes Stück Schweinebraten zu kommen. Manchmal sieht es fast so aus, als ob es keine Schweine mehr gibt – zumindest haben sie Seltenheitswert bekommen, wie alles, was gut ist. Immerhin, es gibt noch welche, und ich erinnere die Leute daran, wie Schweinebraten schmeckt. Wir haben unsere festen Abnehmer.« »Schlachtet ihr hier in der Küche?« fragte ich. »Erraten«, sagte er. »Ein Kumpel von mir – er ist Landfriseur in Holstein – bringt das Zeug am Montagabend her. In einer Nacht muß alles fertig sein, denn am Dienstag warten schon unsere Kunden darauf; das Pfund bringt sechzig bis achtzig Piepen.« »Und wie transportiert ihr das Zeug weg?« fragte ich. Er streichelte nachdenklich den Sarg und sagte: »Wir lassen Oma sterben.« »Gute Idee«, sagte ich, »nur, Oma stirbt ziemlich oft, oder?« »Die Leute im Haus haben sich an die häufigen Todesfälle bei uns gewöhnt; es sind alles Kunden. Nein, in dieser Hinsicht haben wir keine Sorgen. Was wir brauchen, ist ein Kumpel, der ungefähr soviel geladen hat wie du.« »Mich habt ihr«, sagte ich.

Somit war ich engagiert, und ich fand eine Gelegenheit, neue, durchaus interessante Kenntnisse zu erwerben: zu den Erfahrungen im Schwarzhandel gesellten sich handgreifliche Erfahrungen im Schwarzschlachten. Meine schwermütige, athletische Wirtin vergaß sofort ihren Groll; sie bot sich an, neue Kunden zu werben, und fand auch einige unter ihren

Judo-Partnern und ihren Polizei-Freundinnen von ehedem. Für die Arbeit, die ich verrichtete, erhielt ich einen in jeder Weise gerechten Deputat-Anteil am Schweinefleisch. Ich trug ihn in einem Rucksack nach Hause, der vorsichtshalber mit Ölpapier ausgeschlagen war; meine Wirtin übernahm es, die guten Stücke zu schmoren, einzukochen und weniger gute an die geworbenen Kunden zu verteilen, das Pfund zu sechzig bis achtzig Mark.

Jeden Montag abend erwarteten wir voller Ungeduld den Landfriseur, der auf seinem Fahrrad-Anhänger ein halbes Dutzend Ferkel hereinbrachte, die wir in die Küche meines Kumpels hinauftrugen. Mein schmächtiger Kumpel schlachtete sie. Ich rasierte die Tierchen in der Waschbalje, in der kurz vorher das pausbäckige Baby gebadet worden war. Nach der Borstenrasur folgte das Tranchieren: ein strenger Geruch erfüllte die Küche, die Fenster beschlugen, Dampf hüllte uns ein, während ich schlitzte, säbelte und hackte. Das blonde Mädchen mit dem fettigen Haar kochte Kaffee, drehte Zigaretten, die sie uns zwischen die Lippen schob, kontrollierte die Straße und lauschte an der Tür zum Treppenhaus, und sobald eines der rosigen Ferkel zerlegt war, pfiff ich, worauf sie zu uns kam und die portionsgerechten Stücke im Sarg verstaute. Manchmal, mitten in der Nacht, in unserer hektischen Arbeit, begann das kräftige Baby zu schreien, so schrill, so durchdringend, daß ich fürchtete, die ganze Stadt würde davon aufwachen; darauf trug das Mädchen ihr schreiendes Baby herein, und der pausbäckige kleine Kerl beruhigte sich erst, wenn er einen Ringelschwanz oder ein Ferkelohr zum Spielen bekam. Ja, ich sehe ihn noch rittlings auf der bemerkenswerten Hüfte seiner Mutter sitzen, ein Schweineohr zwischen den krummen, kleinen Wurstfingern, das er wie Buntpapier auseinanderzog und uns dadurch anzublicken versuchte und winzige, irre Schreie des Entzückens ausstieß. Das Baby verstörte mich mehr als der Gedanke an die Folgen einer Entdeckung, und ich genoß jedesmal die Erleichterung, die sich einstellte, wenn ich das Haus am Morgen verließ, zu einer Zeit, da die ersten Arbeiter verdrossen ihrer Frühschicht zustrebten. Ich genoß es so sehr, daß ich nicht das Gewicht des Rucksacks spürte, in dem mein Deputatfleisch verstaut war. Meine Wirtin, die während dieser Zeit mehr als fünfzig Gläser Fleisch für uns einkochte, muß den irrtümlichen Eindruck gewonnen haben, daß ich jedesmal von einem fröhlichen Schlachtfest heimkehrte, auf dem es alles andere geben mußte als siedende Ängste.

Wie immer, ich lernte bei dieser köstlichen

schwarzen Machenschaft vieles hinzu. Ich festigte meinen Ruf als verläßlicher Fleischlieferant. Nebenher wurde ich gleichsam ein perfekter schwarzer Handwerker, der bei dem allgemeinen Mangel sehr rasch die Meisterwürde erwarb. Ich bin sicher, daß nur der Schwarze Markt solche verschütteten Begabungen zum Vorschein brachte – eine Vermutung, die mir in Erzählungen oft genug bestätigt wurde. Ach, wie viele Talente brachte die Zeit der schönen Not zum Vorschein: Juristen entpuppten sich als kundige Tabakpflanzer, ein Standesbeamter wurde zum Ernährungswissenschaftler, indem er herausfand, daß Kartoffeln sich in Kaffeesatz braten lassen; ein Matrose wurde zum Kenner orientalischer Teppiche, nur weil er Mittelsmann sein durfte, und jede Hausfrau wurde zur Küchen-Muse, die den Gaumen überlistete und etwa panierte Selleriescheiben als Kalbfleisch auf den Tisch brachte. Der Mangel weckte unsere Phantasie, ließ uns überraschende Fähigkeiten entdecken, die zu besitzen wir nie geglaubt hatten. Nur Tüchtige konnten sich bewähren, und es stellte sich heraus, daß es zu keiner Zeit mehr Tüchtige gab als in der Zeit des Schwarzen Marktes. Die schöpferische Initiative im kleinen war nie größer als damals, und wie oft wurde aus einem gemeinhin lethargischen Menschen ein regelrechter

Beschaffungskünstler – was sich eigentlich nur mit Sophokles erklären läßt, der ja festgestellt hat: »Das Unheimlichste aber ist der Mensch.«

Daß auch ich mir mitunter unheimlich wurde, dürfte der besonderen Erwähnung kaum wert sein. Oft genug gab ich mir selbst Anlaß zum Staunen über das, was ich fertigbrachte, doch einmal – und ich werde es nie vergessen – gab ich mir Anlaß zur Selbstbewunderung: es war der Morgen, an dem unserem schwarzen Schlachten ein Ende gesetzt wurde.

Ich erinnere mich genau, sehe uns noch dastehen, in Dampf gehüllt, mit blutigen Schürzen, säbelnd und hackend, und ein strenger Geruch von Innereien und ein süßlicher Geruch von Blut zogen durch die Küche und unaufhaltsam ins Treppenhaus. An jenem Morgen hatten wir bereits sechs allerliebste Spanferkel verarbeitet, das Fleisch im Sarg verstaut, zwei Ferkel aber schwammen noch im heißen Wasser in der Balje. Und während ich kräftig die blonden Borsten von ihrem Rücken rasierte, trat plötzlich die Frau, bzw. das Mädchen, von dem ich annahm, daß es die Frau meines Kumpels war, in die Küche und erklärte in einem Zustand erstarrter Furcht: »Sie kommen.« Und als ob die Furcht es ihr unmöglich machte, noch mehr zu sagen, wies sie mit der Hand auf das Fenster, von dem man auf die Trümmerwiese blickte. Mein Kumpel folgte sofort ihrem Wink, sprang ans Fenster, wischte eine Ecke blank und sagte beinahe tonlos: »Es stimmt. Sie kommen tatsächlich.« Nun begann es auch mich zu interessieren, und ich fragte, ohne die scharfe Rasur zu unterbrechen: »Wer kommt da eigentlich?« »Stell dich hierhin«, sagte mein Kumpel, »dann wirst du alles sehen.«

So trat ich ans Fenster und entdeckte unten auf der Straße im Trümmergelände einen riesigen Möbelwagen, der von zwei mageren Polizisten flankiert war. »Wollen die Fleisch holen?« fragte ich. »So'n Möbelwagen wäre 'ne gute Verteilerstelle.« »Was du da siehst«, sagte mein Kumpel, »ist die Zwangseinweisung: unsere neuen Mieter. Wir haben uns lange gewehrt, offenbar ohne Erfolg. Sie sollen unser Wohnzimmer haben, ausgerechnet heute.« »Die respektieren nicht mal Omas Begräbnis«, sagte ich. »Schau dir das an«, sagte mein Kumpel, »sie kommen tatsächlich«, und dann, heftig und erregt: »Schnell weg mit dem Fleisch. Weg mit allem.« Er riß eines der rasierten, allerliebsten Ferkel aus der Wanne und feuerte es, nachdem er einige ratlose Blicke durch die Küche geworfen hatte, unter ein altes, giftgrünes Küchensofa. Das zweite Ferkel riß er mir aus den Händen, stürzte auf den Korridor, kehrte verwirrt zurück, stürzte abermals hinaus, und dann bemerkte ich, wie er mit dem Fuß einen schäbigen, mit Wachstuch ausgeschlagenen Kinderwagen heranzog, das Ferkel hineinwarf und die Kissen darüber deckte. Sodann kam er armfuchtelnd zurück, deutete auf den Sarg, wir schlossen ihn, hoben an und wuchteten das Fleischlager in die Toilette, wo wir es hochkant stellten. »Noch etwas?« fragte er. »Mein Deputat«, sagte ich. Er zog mich in die Küche, wo das ruhige, blonde Mädchen Blut von den Kacheln wischte, kippte eine große Schüssel voller Fleisch in meinen Rucksack, schnürte ihn hastig zu, hob ihn an und schubste mich zur Tür. »Los, Alter«, sagte er, »dich können wir jetzt nicht brauchen. Verschwinde mit deinem Deputat. Sieh zu, wie du durchkommst.«

Und bevor ich mich noch bedanken konnte, knallte er die Tür zu. Ich stand draußen im Treppenhaus. Zurück konnte ich nicht, also mußte ich tun, was Cäsar bereits in ähnlicher Lage getan hatte: über meinen Rubikon springen.

Gemächlich zündete ich mir eine Zigarette an und stieg dann, ein bekanntes Morgenlied pfeifend, die Treppe hinab. Wahrscheinlich hätte ich nicht gepfiffen, wenn ich gewußt hätte, daß mein Rucksack gerissen war und das Blut gleichmäßig auf meinen Mantel tropfte. Doch, wie gesagt, ich wußte es nicht, und ich brachte es fertig, mir den Anschein eines vergnügten Frühaufstehers zu geben, für den die Morgenstunde Gold im Munde hat. So gelangte ich bis zur Tür und wollte gerade hinausschlüpfen, als einer der mageren Polizisten unmittelbar vor mir auftauchte. Ich lächelte ihn an, plinkerte und sagte schlicht: »Guten Morgen, Herr Polizeipräsident«, worauf er lächelte und mich gehen ließ. Allerdings nur zwei Schritte, dann rief er mich zurück, griff unwillkürlich zur Pistolentasche, als er sah, mit welcher Regelmäßigkeit Blut aus meinem Rucksack tropfte. »Wen haben Sie da drin?« fragte er.

Mein Kumpel hätte darauf gewiß »unsere Oma« geantwortet; ich hielt jedoch solch eine Antwort für ausnehmend unschicklich und erwiderte statt dessen mit dem bekannten Dichterwort: »Das Glück war niemals mit den Hohenstaufen.« Dann nahm ich den Rucksack ab. »Aufmachen«, befahl der Polizist, doch ich war schon dabei. Besonnen öffnete ich den Rucksack, faßte hinein, zog den Kopf eines Ferkels heraus, auf dem, zu meiner heillosen Verwunderung, ein abgründiges und zufriedenes Lächeln lag. Um die leicht geöffnete Schnauze spielte tatsächlich ein Lächeln, was mich für eine Sekunde nachdenklich machte. Sogleich fand ich jedoch in meine Lage zurück, trat auf den Polizisten zu und drückte ihm, der völlig überrascht war, den Schweinskopf in die Hände. »Bitte«, sagte ich leise, »Ihre Frau täte gut daran, ihn mit Nelken zu schmoren, vielleicht auch mit einem Lorbeerblatt.«

Ihm hatte es die Sprache verschlagen. Er sagte kein Wort, als ich meinen Rucksack aufnahm; er rief mich nicht zurück, als ich davonging: betroffen grübelnd starrte er auf den Schweinekopf, auf dem dies gewisse Lächeln lag. Natürlich weiß ich, wieviel ich diesem Lächeln zu verdanken habe.

IV

Die Not schärft nicht allein die Phantasie, lenkt nicht nur das Denken auf derlei Wünsche wie Sattwerden und Warmwerden, vielmehr ruft die Not auch bizarre Bedürfnisse wach, läßt uns seltsame Handlungen vollbringen, weckt unseren Sinn für erhabene Unnützlichkeit. Das bedeutet soviel, daß mein Markt keineswegs nur profanen Zielen diente, daß er sich nicht darin erschöpfte, eine Arena des primitiven Materialismus zu sein. Im Gegenteil: oft genug erlebte ich Szenen von einer gewagten, wenn auch krausen Poesie, die sich, geistesgeschichtlich gesehen, vielleicht als Vorstufe eines gediegenen Surrealismus bezeichnen läßt. So sah ich beispielsweise in meiner Straße des Schwarzen Marktes eine Dame von zerschlissener Eleganz, die auf dem Rücken ein Zwölfender-Hirschgeweih trug, das sie an den Mann zu bringen hoffte; ich sah zwei junge Burschen, die einen riesigen Spiegel sanft spazierentrugen; ich sah einen Herrn mit einem Vogelbauer, in dem eine Flasche eingesperrt war – vielleicht war sie mit Torpedoöl gefüllt –; einen Invaliden traf ich, der von roten Fahrradschläuchen umwickelt war wie Laokoon von seinen Schlangen, und einmal stieß ich auf eine Frau, die mit dem Lächeln der Mona Lisa Mausefallen anbot, in denen Brotmarken eingeklemmt waren. Szenen von sonderbarem Reiz! Ich hatte ein Auge, sie wahrzunehmen und mitunter auch zu genießen, obschon ich jetzt damit zu tun hatte, die vielen Grüße zu erwidern, die mich erreichten, sobald ich meinen Markt abging. Denn man kannte mich nun bereits, ich hatte einen beträchtlichen Ruf, der für einen Händler, und gar für einen Schwarzhändler, nicht ohne Bedeutung ist.

Die Anerkennung, die ich genoß, machte es möglich, daß ich nunmehr wählen durfte, ich konnte akzeptieren oder zurückweisen, ich hatte die Phase der Zwangsgeschäfte überwunden.

Diesen unbestreitbaren Vorzug verdanke ich unter anderem folgenden Tatsachen: es gelang mir, dem verzweifelten Direktor einer Privatklinik Matratzen für vierundzwanzig Betten zu verschaffen, obwohl es in der ganzen Stadt nachweislich keine neuen Matratzen gab. Ferner hatte ich Erfolg darin, einem bekümmerten Pastor vierhundert Gesangbücher schwarz zu besorgen – woran ich nicht mehr verdiente als einen Gänsebraten und den Segen des milden

Mannes. Sodann hatte ich eine glückliche Hand, als es darum ging, zwölf englische Armee-Lastwagen zu verkaufen, von denen ein mir befreundeter Garagen-Offizier behauptete, daß sie überzählig seien. Einen Mißerfolg hatte ich lediglich mit einem hübschen Posten Panzergranaten. Ich hatte sie von meinem alliierten Freund als Pfand für Schnapslieferungen erhalten, und trotz mühevoller Versuche konnte ich keinen Interessenten dafür finden. Von diesem Mißerfolg abgesehen, fügte sich sonst alles zum Annehmbaren, der Gewinn strömte von allen Seiten auf uns zu, so daß ich mich eines Tages in der Lage sah, meiner schwermütigen, athletischen Wirtin eine neue Gummimatte zu schenken, auf der sie, die ehemalige norddeutsche Judo-Meisterin, aus Herzenslust trainieren konnte. Als ihr Lieblingspartner durfte ich mich oft von ihr aufs Kreuz schmeißen oder lapidar außer Gefecht setzen lassen.

Ich erwähne dies, weil es während einer Judo-Stunde war – ich hielt meine Wirtin gerade energisch umklammert, und sie setzte gerade zu einem Befreiungsgriff an –, als es heftig an unserer Wohnungstür klingelte und jener Kumpel auftauchte, der mich zu einem der seltsamsten Geschäfte aufmunterte, auf die ich mich je einließ. Es war ein hochgewachsener, hektischer Kumpel, der hereinkam, ein nervöser

Kettenraucher, der nichts bemerkte und den auch nichts befremdete, nicht einmal die Judo-Garnitur, in der wir an die Tür gegangen waren.

»Du bist meine letzte Rettung«, sagte er, »wenn du mir nicht helfen kannst, kann mir keiner helfen. Ich muß dich sprechen.« Ich sah ihn betroffen an und fragte nach einer Weile: »Woher, wenn ich fragen darf, hast du meine Adresse?« »Man hat sie mir empfohlen«, sagte er. »Mehrere Leute meinten, da kann nur Holger-Heinz Lehmann helfen – und das bist du doch?« »Allerdings«, sagte ich, sagte es nicht ohne Genugtuung, denn ich sah, wie es mit meinem Marktwert bestellt war. Höflich bat ich den hektischen Kumpel in die Küche – ich halte mich mit Vorliebe in der Küche auf –, bot ihm einen Stuhl an und lauschte seiner sprudelnden Rede, aus der ich erst nach und nach erfuhr, mit welch einem gewagten Wunsch der Mann zu mir gekommen war.

Mein Besucher, den ich leider nicht immer wörtlich zitieren kann, sagte ungefähr folgendes zu mir: »Mein Vater wird fünfundsiebzig, nicht wahr? Er ist krank, er liegt im Bett, nicht wahr? Trotzdem will die Familie groß feiern. Bei fünfundsiebzig ist es ja auch angebracht. Wir haben den Alten gefragt, nicht wahr, was er sich wünscht zum fünfundsiebzigsten

Geburtstag. Weißt du, was er sich wünscht? Ein Denkmal, nicht wahr, ein richtiges, ausgewachsenes Denkmal – nicht von ihm selbst, sondern irgendein schönes Denkmal, auf das er von seinem Fenster aus blicken kann. Mein Alter nämlich ist Präsident eines Heimatbundes, und so, nicht wahr, erwartet er ein Denkmal, das Bezug hat zu seiner Heimat. Bist du mitgekommen bis hier? Also«, so meinte der hektische Kumpel weiter, »was wir brauchen, ist ein ausgewachsenes, volljähriges Denkmal, nicht wahr? Das allein würde den Alten aufrichten, gesund machen, ihm neue Kräfte geben. Er hat uns erklärt, daß er bereit wäre, das Bett zu verlassen, wenn er sein Denkmal bekäme, irgendein solides Denkmal. Damit würdest du, nicht wahr, in gewisser Weise Gutes tun. Ich habe den ganzen Schwarzen Markt abgeklappert – die Leute meinten: ein Denkmal, das könntest nur du besorgen.«

An dieser Stelle schwieg mein Besucher, und ich fragte träumerisch in das Schweigen hinein: »Womit«, fragte ich, »willst du so ein Denkmal bezahlen?« »Zunächst mit Marmelade«, sagte der Kumpel, »mein Bruder hat eine Marmeladenfabrik. Außerdem könnte ich mit Zigaretten bezahlen, mit Zuzugsgenehmigungen, Fettmarken und einem nicht unbedeutenden Posten Taschenkämme, prima Horn.

Vielleicht wäre mein Vetter bereit, noch einige Kisten Wachskerzen locker zu machen; jedenfalls sind wir willens, uns das Denkmal einiges kosten zu lassen.« »Handelt es sich um Bienenwachs?« fragte ich. »Bestes Bienenwachs«, sagte der Kumpel, worauf ich mich erhob, ihm die Hand gab und sagte: »Das Denkmal wird rechtzeitig zum Fünfundsiebzigsten geliefert werden. Dein Vater wird zufrieden sein, und ihr hoffentlich auch. Wir halten Wachskerzen und Taschenkämme fest.«

Nachdem ich das gesagt hatte, bedankte sich der Kumpel ungestüm und verließ uns. Ich machte mir eine Notiz in meinem Terminkalender.

Hätte ich gewußt, worauf ich mich bei dem Denkmalsgeschäft eingelassen hatte, wäre die Notiz mir nicht so beiläufig von der Feder geflossen, und ich hätte mein argloses Selbstvertrauen eingebüßt. Vieles war mir auf dem Schwarzen Markt möglich gewesen, und so folgerte ich, daß es mir auch möglich sein müßte, ein Denkmal zu besorgen. Es war eine durch und durch leichtsinnige Folgerung, und meine Lage konnte ich zunächst nicht anders bezeichnen als durch das Dichterwort: »Anfangs wollt' ich fast verzagen, und ich glaubt', ich trüg es nie…«

Überall ließ ich durchblicken, daß ich an einem ausgewachsenen Denkmal dringend interessiert sei;

ich erschöpfte alle Möglichkeiten des Schwarzen Marktes – ohne Resultat. Es war einfach kein Denkmal aufzutreiben, und ich war sicher, an die Grenzen meines Marktes gelangt zu sein. Zwar erhielt ich einige Ersatz-Angebote, beispielsweise eine Büste von Röntgen, dem die Entdeckung der Röntgenstrahlen zu danken ist, sodann einen gut aussehenden Mausoleums-Engel aus Sandstein, und schließlich sogar ein Sortiment von Schaufensterpuppen, ich konnte mich jedoch nicht entschließen, diese Dinger als Denkmäler anzusehen und zu verkaufen. Melancholie begann mich heimzusuchen, und ich war nahe daran, an der universalen Ergiebigkeit meines Marktes zu zweifeln.

Da begegnete ich Bernard, einem verschmitzten Pionier-Offizier der »Wüstenratten«, der im Zivilberuf Schauspieler war und in seinen Mußestunden Spielzeugpuppen aus aller Welt sammelte. Wir empfanden eine freundschaftliche Zuneigung füreinander, saßen oft im Zimmer meiner Wirtin zusammen, und eines Abends, nie werde ich es vergessen, erhielt Bernard einen Anruf: ich sah, wie ein Leuchten über sein Gesicht zog, wie er vor Glück und Ungeduld zu hampeln begann, und dann rief er: »Meine Jungens haben etwas für mich entdeckt.« »Puppen?« fragte ich. »Wahrscheinlich« sagte er, »jedenfalls etwas, von dem sie glauben, daß es mich interessieren könnte. Wenn du willst, komm mit.«

Sofort war ich bereit, wir sprangen in seinen Jeep und fuhren in der Dämmerung eine Ausfallstraße hinaus, die parallel zum Strom lief. Unterwegs begann Bernard von seiner Puppensammlung zu schwärmen, besonders von einer dickbäuchigen, nur handgroßen Zulu-Puppe, die, wie er sagte, »ein Geheimnis hat, ein verdammt lustiges Geheimnis.« Er hoffte, daß seine Jungens nun etwas für seine Sammlung entdeckt hätten, so fuhr er schnell, und wir erreichten alsbald einen Fabrikzaun, suchten nach der Einfahrt und fuhren auf den Hof. Eine »Wüstenratte« erwartete uns. Wir stiegen aus. Wir ließen uns an einer Mauer entlangführen, in der kalter Brandgeruch steckte, und als wir die Mauer hinter uns hatten und ein großer Platz vor uns lag, blieben wir in spontanem Erschrecken stehen: der ganze Platz war voll von einem Spalier riesiger, mattglänzender Kerle, die Pickelhauben trugen, Säbel schwangen, mit gestreckter Hand westwärts deuteten; einige saßen auf Pferden, anderen standen auf Sockeln, und diese schreckliche, schweigende Versammlung schien in diesem Augenblick den Atem anzuhalten. »Barmherzigkeit«, sagte Bernard, »das ist doch nicht möglich.« Der Posten lächelte. »Wir dachten, Sir«, sagte er »es könnte Sie interessieren, Sir. Sie sammeln doch so'n Zeug. Hier ist alles auf einem Haufen, Sir.« Bernard schwieg, von Ratlosigkeit gepeinigt, und nach einer Weile sagte er ärgerlich: »Das sind keine Puppen, Menschenskind, das sind Denkmäler!« »Entschuldigung, Sir«, sagte der Posten, »ich dachte, Sie sammeln so was.« »Denkmäler«, flüsterte ich träumerisch. »Was haben die hier zu suchen?« fragte Bernard, und ich spürte, wie seine Enttäuschung in Wut umschlug.

»Das ist so, Sir«, sagte der Posten, »man hat diese Denkmäler hierhergebracht aus ganz Germany. Hier wurden sie eingeschmolzen, dann wurden Granaten aus ihnen gemacht, oder Führungsringe für Granaten. Diese hier wurden vom Frieden überrascht.«

Bernard ging versunken durch das Spalier der riesigen, säbelschwingenden Kerle. Plötzlich drehte er sich um und sagte: »Morgen wird der Schmelzofen wieder angemacht, verstanden?! Und alles, was eine Pickelhaube trägt oder einen Säbel schwingt: rein in den Ofen. Auch alles, was nach Militär aussieht: rein in den Ofen.«

Sodann fuhren wir schweigend zurück, Bernard tief enttäuscht, ich aber glücklich und erregt über den unverhoffen Fund und nach einem Plan grübelnd, wie ich eines der Denkmäler abzweigen könnte. Ich witterte einen hundertprozentigen Reingewinn. Es konnte nicht schnell genug gehen, zumal da ich wußte, welch ein Schicksal Bernard all den Denkmälern zugedacht hatte, und noch in derselben Nacht verständigte ich eine Freundin, die einen Lastwagen laufen hatte, besprach mich mit einigen Helfern, und morgens, unmittelbar nach der Sperrstunde, fuhren wir abermals hinaus zur Schmelzfabrik, auf deren Hof das düstere Spalier pickelhaubentragender, säbelschwingender Denkmäler stand. Ich handelte in Übereinstimmung mit meinem Plan, den ich sorgsam erdacht hatte. Als der Posten herauskam – er erkannte mich sofort wieder –, zog ich ihn in ein umständliches Gespräch; wir nahmen einen herzhaften Schluck aus meiner Taschenflasche, rauchten eine Zigarette, und während dieser Zeit luden meine Gehilfen ein Denkmal des Großen Kurfürsten, das ich ihnen genau bezeichnet hatte, auf den Lastwagen. Es war das einzige zivile Denkmal; der Große Kurfürst trug einen federbesetzten Schlapphut, eine Jagdtasche quer über der Brust, und ans spähende Auge gesetzt hielt er ein riesiges Fernrohr, durch das er offensichtlich die fliehenden Schweden beobachtete. Schon auf den ersten Blick war mir dies Denkmal bekannt vorgekommen, ich glaubte, es in Ostpreußen gesehen zu haben auf einem Hügelchen, von dem aus der Große Kurfürst zufrieden auf das winterliche Kurische Haff starrte, über dessen Eisfläche sich die fliehenden Schweden entfernten. Jedenfalls stach mir das Denkmal, das einzige zivile, sofort ins Auge. Und während ich mit dem Posten plauderte, luden meine Gehilfen den Kurfürsten auf den Lastwagen. Dann, zu gegebener Zeit, kam ich auf den Zweck meines Besuches zu sprechen: ich bat den Posten, einen Blick auf die Ladefläche meines Lastwagens zu werfen und sagte ungefähr so zu ihm: »Sir Bernard«, so sagte ich, »hat gestern befohlen, alle Denkmäler in den Schmelzofen zu stecken. Ich besitze auch ein Denkmal, von dem ich nicht weiß, was ich mit ihm anfangen soll. Am angenehmsten«, sagte ich, »wäre es mir, wenn ihr dieses Ungetüm gleich mit in den Schmelzofen stecktet.« Der Posten der »Wüstenratten« inspizierte eingehend meinen Kurfürsten, dann sagte er: »Das ist ein Zivilist. Er sieht sehr gemütlich aus, und außerdem hat er keine Pickelhaube und keinen Säbel. Warum willst du diesen netten Zivilisten in den Schmelzofen stecken? Ich würde es mir überlegen.«

»So ein Denkmal«, sagte ich darauf, »nimmt ziemlich viel Platz weg, darum möchte ich es gern in den Ofen gesteckt sehen.« »Nein«, sagte die »Wüstenratte« einigermaßen barsch, »wir werden froh sein, wenn wir diese Burschen hier alle im Feuer haben. Denen geschieht es recht mit ihren Pickelhauben und Säbeln. Aber was du bringst, ist eine ehrenwerte Zivilperson, ich schätze: ein leidenschaftlicher Jäger. Ich bin selbst Jäger. Und darum möchte ich dir den guten Rat geben, diesen Burschen, der sicher Hasen beobachtet, wieder mitzunehmen.« »Kommt dieser Rat«, so erkundigte ich mich, »einem Befehl gleich?« »Warum?« fragte der Posten argwöhnisch. »Nun«, so sagte ich, »wenn es ein Befehl ist, so würde ich ihn selbstverständlich ausführen und das Denkmal wieder mitnehmen.« »Es ist ein freundschaftlicher Rat«, sagte der Posten. »Das reicht mir«, sagte ich, worauf ich meinen Gehilfen ein Zeichen gab. Sie kletterten auf die Ladefläche, wir fuhren los, und zwar fuhren wir in eine Siedlungsgegend, in der es intensiv nach Kohl roch. Dort wohnte mein Auftraggeber, der hochgewachsene, hektische Kumpel.

Mit dem mir eigenen Ausdruck von träumerischem Triumph klopfte ich, und als er vor mir stand, wies ich auf den Lastwagen, von dem meine Gehilfen das riesige Denkmal des Großen Kurfürsten herunterwuchteten. Doch nun erlebte ich etwas Seltsames: anstatt Freude zu zeigen, eine Spur von Zufriedenheit, hob der Kumpel erschrocken die Hände und wich instinktiv zurück, wobei er sich schüttelte wie unter einem Kälteschauer. Das Dichterwort, das ich zur Übergabe leise flüstern wollte – es hieß: »Für das, was kommt, sorge mit wachsamem Sinn« – das Dichterwort, wollte ich sagen, blieb mir im Halse stecken, als ich die panische Besorgnis meines Kumpels entdeckte. »Was ist denn?« fragte ich so schroff wie möglich. »Gefällt dir dies Denkmal etwa nicht?« Er nickte, hörte jedoch nicht auf zurückzuweichen, daß ich gezwungen war, ihn mit einem Judogriff festzuhalten. Ich spürte, wie er zitterte. »Was ist denn los?« fragte ich noch einmal. »Um Himmels willen«, sagte er, »das ist es. Das ist das Denkmal, das bei uns zu Hause stand, der Große Kurfürst. Er beobachtet die fliehenden Schweden. Mein Großvater hat für das Denkmal gesammelt.«

»Um so besser«, sagte ich.

Er indes hob resigniert die Schultern und stöhnte:

»Diesen riesigen Klotz, wo sollen wir ihn aufstellen? Wo sollen wir nur hin mit dem Burschen?«

»In den Garten«, sagte ich, »oder aufs Dach. Dein Vater wünscht sich doch ein Denkmal zum Fünfundsiebzigsten.«

»Sicher«, sagte er zerknirscht, »sicher.«

Er wagte nicht mehr, auf den mattglänzenden Koloß zu blicken, zog mich ins Haus, wies lustlos auf das Honorar, auf einen Stapel Wachskerzen und einen anderen mit Taschenkämmen. Meine Gehilfen brachten das Honorar zum Auto. Den Großen Kurfürsten ließen wir im Vorgarten stehen.

Später, Wochen später, erfuhr ich, daß der alte Vater des Kumpels augenblicklich genas, als er das heimatliche Denkmal erblickte. Er ließ eine Bank unter ihm anbringen, saß da oft, bis er sich eine Lungenentzündung holte und starb.

Bald darauf wurde der Große Kurfürst von Schrottdieben gestohlen; sie zersägten und verkauften ihn. Ich aber denke, wenn es mich in jene Gegend verschlägt, immer wieder an dieses seltsame Denkmalsgeschäft, und ich empfinde den Stolz, den ich aus der ganzen Aktion für mich ableiten darf.

V

Der Mensch wird nicht nur durch das bezeichnet, was ihm möglich ist, sondern in gleicher Weise durch das, was ihm unmöglich ist: der Schwarze Markt vermittelte mir diese Einsicht schon sehr zeitig. Mein Markt öffnete mir die Augen darüber, daß nicht nur wir selbst handeln, sondern daß wir auch, ohne es sogleich zu erfahren, gehandelt werden. Jeder von uns hat einen eigenen, durchaus schwankenden Kurswert, jeder steht zu Markte, wird, auch wenn er es nicht spürt, feilgeboten, gekauft oder umgetauscht – und zwar ebenso in schwarzer wie in weißer Währung. Gelegentlich werden wir gehandelt wie Gogols »Tote Seelen« und merken es nicht, merken es erst, wenn wir verspätet erwachen und dann feststellen, daß wir einem neuen Besitzer, einem neuen Herrn oder Fürsten zugeschlagen sind. Manchmal allerdings wissen wir ebensowenig davon, daß wir gleichsam unter der Hand, zur eigenen Überraschung, einen neuen, besseren Kurswert bekommen haben, ohne zu erfahren, woraufhin.

Plötzlich sind wir gesucht, umworben, womit ich lediglich sagen möchte, daß niemand allzu voreilig Selbstsicherheit an den Tag legen sollte. Mein Markt, der Schwarze Markt, lehrte mich, daß es nicht ratsam ist, seiner selbst und seiner Taxe allzu sicher zu sein.

Um persönlicher zu werden: zwar hielt ich mich für ein Talent, das in der Lage war, auch einen aparten Mangel zu beheben; zwar wußte ich, daß man mir auf dem Schwarzen Markt ein gewisses Gütezeichen zugesprochen hatte – was ich nicht wußte, und was mich in glücklicher Weise erschrecken ließ, war die Tatsache, daß einige beispielhafte Transaktionen mir den Ruf eingebracht hatten, gewissermaßen ein Rastelli des Schwarzen Marktes zu sein, ein Künstler von beträchtlichen Beschaffungsqualitäten. Das wurde mir bei verschiedenen Gelegenheiten zu verstehen gegeben, und es wurde mir schonungslos demonstriert, als eines Tages Benno Ortscholenko auftauchte und mich für ein Geschäft interessierte, bei dem zweihunderttausend Papiermark zu verdienen waren.

Ich hatte zwar nichts von Benno, dafür aber hatte er etliches über mich gehört, offenbar genug, um abends in unserer Wohnung zu stehen. Er stand am Fenster, als ich eintrat, kehrte uns seinen Rücken zu, seinen massigen Nacken, der einen würfelartigen Kopf trug. Benno war kurzbeinig, untersetzt, seine Hände übermäßig behaart. Sein Gesicht zu schildern ist mir nicht möglich, denn ich habe es nie gesehen. Benno stand am Fenster und blickte in die fallende Dämmerung – so verhandelten wir: er sprach leise auf die Straße hinaus, ich sprach gegen seinen imposanten Rücken, eine Methode, die mich an die Worte Falstaffs erinnerte: »Das bessere Teil der Tapferkeit ist Vorsicht.« Ja, aus Gründen der Vorsicht verbarg Benno mir sein Gesicht, doch was er beabsichtigte, wurde trotzdem klar genug. Benno Ortscholenko sprach ungefähr folgendermaßen: »Wenn du hast Freide – wir können drehen – wie sagt man? – ein Dingsbums können wir drehen. Du kannst besorgen Lastauto, ich kann besorgen Silber. Wenn wir laden Silber auf Lastauto und bringen chierher, jeder wird verdienen serr gut.«

Und in seiner freundlichen, weichen Redeweise erläuterte er dann das Geschäft, das mir zweihunderttausend Papiermark einbringen sollte:

In einem Laubwald bei Kassel hatte Benno einen Posten Silber liegen – silberne Bestecke, Leuchter, Uhrengehäuse und Manschettenknöpfe; er hatte es einfach dort liegen, doch er konnte seinen Besitz nicht genießen, da er keine Möglichkeit fand, ihn über die Zonengrenze zu bringen, denn damals gab es noch eine amerikanische und eine britische Zone. Solche Schätze, die man besaß, ohne über sie verfügen zu können, waren damals nichts Ungewöhnliches. Ebenso schwierig wie die Beschaffung von etwas, war der Transport von etwas; der Transport, insbesondere der schwarze Transport, war eine Kunst für sich, die nicht hoch genug eingeschätzt werden konnte. So ergab sich denn oft der Fall, daß jemand etwas besaß, ohne diesen Besitz handhaben zu können, weil es ihm an Transportmöglichkeiten gebrach.

Benno entwickelte mir den Plan mit dem Silber-Transport ausführlich – mehrere Käufer hielten sich schon bereit –, und nachdem er gegangen war (er sprang einfach behende auf die Straße hinab), ließ ich mir von meiner Wirtin Tee kochen und kalkulierte noch einmal Schwierigkeiten und Gewinn. Ich gestehe, daß wir über den Gewinn ausführlicher sprachen als über die Schwierigkeiten.

Gleichwohl, bei diesem Unternehmen hielt ich es für ratsam, meine Wirtin mitzunehmen, und nicht nur sie: da es zu mir gedrungen war, daß die Amerikaner verläßliche Kindernarren sind, liehen wir uns von dem Kumpel, der mich in die Kunst des Schwarzschlachtens eingeführt hatte, jenes kräftige, mittlerweile gewachsene Baby, das während unserer nächtlichen Fleischerarbeiten so laut geschrien hatte. Da die Rolle des Babys fest in unseren Plan eingebaut war, blieb mir nichts anderes übrig, als meinem Kumpel ein Honorar zuzusichern, eine Leihgebühr für das dralle Kleinkind. Es sollte sich an der britisch-amerikanischen Zonengrenze bewähren. So machten wir uns, nach gewissenhaften Vorbereitungen, auf den Weg: meine Wirtin, ein Chauffeur, das gemietete Baby und ich, um in einem kühnen schwarzen Transport Bennos Silber auf den Markt zu bringen.

Der Lastwagen fuhr mit Holzgas. Das Wetter begünstigte unsere Reise so sehr, daß wir, während wir uns der Zonengrenze näherten, in zufriedener Stimmung mehrere bekannte Wanderlieder sangen. Das kräftige Baby schlief. Es wachte auch nicht auf, als wir den amerikanischen Kontrollposten passierten: zwei hochgewachsene Soldaten durchsuchten das Auto, blickten flüchtig in unsere Papiere und ließen uns, nachdem sie das Baby scherzhaft gekniffen hatten, passieren.

Die Hinfahrt verlief so, wie ich mir die Rückfahrt von ganzem Herzen wünschte, und an einem windstillen, warmen Nachmittag langten wir bei Bennos Mittelsmann an. Das heißt, der Mittelsmann war vorübergehend in Haft, doch seine Frau vortrefflich eingeweiht, und sie führte uns in den Laubwald bei Kassel, in dem der Posten Silber versteckt lag. Der Chauffeur und ich folgten ihr. Ohne Zaudern, ohne ein Zeichen von Unsicherheit führte sie uns in das Gehölz, führte uns auf Umwegen dorthin, so daß wir schließlich die Orientierung verloren. Vor einem Blätterhaufen blieb die Mittelsdame stehen, lächelte versonnen und zog zwei kurzstielige Spaten aus dem Laub, worauf sie uns aufforderte, ohne übertriebenen Lärm zu arbeiten. Wir gruben an einer bezeichneten Stelle, und schon nach wenigen Stichen stießen wir auf eine Schicht Ölpapier, dann auf alte Teerpappe, auf Zementsäcke und wasserdichte Leinwand, und nachdem wir die Schutzdekke entfernt hatten, stießen wir auf eine vergrabene Badewanne, die, wie Benno vorausgesagt hatte, mit Silber gefüllt war: mit Bestecken, Leuchtern, Uhrengehäusen, Konfektschalen und Manschettenknöpfen – alles aus einwandfreiem 888er Silber. Betroffen sahen wir uns an, mit einem Zögern, das für unsere bange Frage nach der Herkunft dieses Silbers stand; allein die Frau unseres Mittelsmannes fühlte sich zeitlich gedrängt; mahnte unaufhörlich zur Eile, und so schleppten wir den Schatz portionsweise zum Lastauto, wuchteten zuletzt die Badewanne auf die Ladefläche und machten uns auf die Rückreise, das heißt auf den Teil der Fahrt, der eigentlich das ganze Risiko barg.

Zunächst irritierte mich die mit Silber gefüllte Badewanne außerordentlich, doch da wir keine anderen Gefäße bzw. Behälter hatten, fand ich mich schließlich damit ab und applaudierte dem Einfall meiner Wirtin, Decke und Kissen und dann das kräftige Kleinkind auf das Silber zu legen. So begann unser Abenteuer.

Wenn ich mich recht erinnere, war unsere Rückreise ein permanentes Abenteuer, das sogleich begann, als wir, vom frühlingshaften Gehölz kommend, auf eine Chaussee hinauffuhren. Es dämmerte bereits, und wir befanden uns unversehens in einer Kolonne überschwerer amerikanischer Panzer. Offenbar verwirrten wir die Panzerfahrer durch unsere Manöver, vielleicht hielten sie uns auch für ein Agenten-Auto, wenigstens dauerte es keine Viertelstunde, bis ein Jeep der Militärpolizei uns aus der Kolonne herauswinkte und stoppte. Da Panzerkolonnen sich nur schwer überzeugen lassen, kamen wir dieser Aufforderung nach, wobei wir durchaus nach den Prinzipien Gandhis handelten. Wir stoppten also und fanden uns augenblicklich einem penetranten Interesse der Militärpolizei ausgesetzt. Sie prüften umständlich, was zu prüfen war: unsere Papiere, die Papiere des

Autos, und zuletzt wollten sie auch die Ladung prüfen. Sie hätten sie gewiß geprüft, wenn sie nicht, rechtzeitig genug, das muskulöse Baby entdeckt hätten, das auf dem Posten Silber lag. So begnügten sie sich damit, den Kleinen – er hieß übrigens Karl Zopp – zu kitzeln und schalkhaft zu kneifen, worauf das Baby mit drohendem Brummen reagierte. Erleichtert legte ich meine Hand auf das Knie meiner Wirtin, erleichtert nickte ich dem Chauffeur zu. Der kleine Kerl hatte die Situation unstreitig gerettet, und nachdem die Militärposten uns angewiesen hatten, die Vorbeifahrt der Panzer abzuwarten, sprangen sie von der Ladefläche hinab. Schon wollte ich, von würgendem Druck befreit, Zigaretten herumreichen, als es hinter uns klirrte, rollte und klapperte. Erschreckt wandte ich mich um, und das, was ich sah, war geeignet, mein Blut sei es gefrieren, sei es sieden zu lassen: das stämmige Kleinkind, Karl Zopp, das Baby, das wir als Alibi mitgenommen hatten, stand aufrecht auf dem Posten Silber, balancierte da auf der Badewanne und hatte etwas in der Hand, womit es jetzt, einen dunklen Laut der Wut ausstoßend, auf einen der Militärposten warf, der ihn so liebevoll gekitzelt hatte: es war eine silberne Konfektschale, die unser Kleinkind dem Polizisten in den Rücken warf. Der wandte sich um, duckte sich instinktiv, als ob diesem Geschoß ein Angriff folgen könnte, und tatsächlich: Karl Zopp hatte schon etwas Neues in der Hand, ein silbernes Messer, mit dem er ächzend ausholte, doch unser Chauffeur war schneller, gab ein Beispiel von seltener Geistesgegenwart: mit einem Ruck fuhr er an, so daß der kleine zornige Bursche hinter uns das Gleichgewicht verlor, umkippte und rücklings auf den Posten Silber fiel. Das Messer entglitt seiner Hand. Doch er gab noch nicht auf; obwohl wir fuhren und rasch an Fahrt gewannen, suchte er nach einer Möglichkeit, sich für die zärtlichen Knüffe und Kitzeleien zu rächen, und er feuerte silberne Uhrengehäuse und Manschettenknöpfe wahllos auf die Chaussee, bis meine Wirtin zu ihm sprang und ihn außer Gefecht setzte. Zunächst erwogen wir ernstlich, das Kleinkind zu fesseln, denn unser Karl suchte unablässig nach einer Möglichkeit, an die silbernen Wurfgeschosse zu gelangen. Aber wir konnten uns nicht dazu entschließen. Meine Wirtin nahm ihn auf den Schoß, hielt ihn in einem seltenen Klammergriff und ließ ihn brüllen, was er hingebungsvoll und tränenlos tat.

So fuhren wir eine Weile und warfen unsere Gedanken voraus zur Zonengrenze, an der uns die entscheidende Kontrolle ja erst bevorstand, fuhren also, bis wir auf einmal, mitten in einem Dorf, argwöhnisch die Köpfe hoben und uns bekümmerte Blicke zuwarfen, denn der Holzgasmotor blubberte und zischte, gab ein Geräusch von sich, das wie ein warnendes Murren klang, so daß der Chauffeur zu stoppen gezwungen war, ausstieg, in dem Holzofen herumstocherte und schließlich zu uns kam und enttäuscht sagte: »Der Motor macht's nicht mehr. Schluß. Bis hierher und nicht weiter.« Ich blickte meine Wirtin an, und dabei fielen mir die Worte des Dichters ein: »Es kann ja nicht immer so bleiben, hier unter dem wechselnden Mond.« Diese Worte gaben mir meine Handlungsfreiheit wieder. Auch ich stieg aus, stocherte im Holzgasofen, und, nachdem ich entdeckt hatte, daß hier nichts zu machen war, entschied ich mich dafür, auf den nächsten Zug umzusteigen. Da wir glücklicherweise auf einer abschüssigen Chaussee waren, ließen wir das Lastauto zum Bahnhof rollen, trugen die Wanne mit dem Silber auf den Bahnsteig – das Kleinkind obendrauf – und verabschiedeten unseren Chauffeur, der es vorzog, bei seinem defekten Auto zu bleiben. Wir lösten ordentliche Fahrkarten und warteten auf den nächsten Zug, und obwohl wir mehr als drei Stunden zu warten hatten, verlief die Zeit ungemein rasch, da wir alle Hände voll zu tun hatten, den kleinen Kerl davon abzuhalten, mit massiven silbernen Gegenständen nach dem Stationsvorsteher zu schmeißen, dessen Mütze er verlangt hatte, aber nicht bekam.

Endlich kam der Zug. Der Chauffeur, der Stationsvorsteher und zwei Bahnpolizisten halfen uns, die Wanne, auf der Karl jetzt schlief, ins Abteil zu bugsieren, wobei alle Beteiligten so behutsam wie möglich arbeiteten, um den Kleinen nicht zu wekken. Natürlich wunderte ich mich sehr darüber, daß Karl, unser Baby, schlief; indes, später habe ich erfahren, warum ...

In ihrer Verzweiflung wußte sich meine Wirtin nicht anders zu helfen, als dem Kleinen eine Schlaftablette zu geben. Er schlief ruhig auf dem Posten Silber, und so fuhren wir der Grenze entgegen, der entscheidenden Kontrolle.

Außer uns saß noch eine gebildete Dame im Abteil – zumindest sah die Dame gebildet aus. Innig lächelnd blickte sie den schlummernden Karl an, streifte uns dann mit einem anerkennenden Blick, als wollte sie uns zu dem braven Burschen gratulieren. Meine Wirtin und ich hatten nichts dagegen. Dann trat ein, was ich erwartete und was viele erwarten dürfen, die mit einem schlummernden Baby unterwegs sind: die alte, gebildete Dame nahm Karl zum Anlaß für ein Gespräch. Lächelnd erkundigte sie sich nach Karls Alter, nach seinen Krankheiten und der Anzahl seiner Zähne, fragte auch nach der Zusammensetzung seiner Ernährung, worauf meine Wirtin jedesmal mit verblüffender Sachkenntnis antwortete. Später vertraute sie mir an, daß sie diese Kenntnisse in Lehrgängen zur »Ersten Hilfe« gewonnen hatte, die sie einst als Polizistin durchlaufen mußte. Aus derlei höflichen, leisen Erkundigungen der gebildeten alten Dame ergab sich ein Gespräch, und während dieses Gesprächs spürte ich, daß die Unruhe der alten Dame mit der abnehmenden Entfernung zur Zonengrenze wuchs. Ihr Gesicht rötete sich, ihre Hände suchten hoffnungslos nach einem Versteck. Schließlich beugte sie sich vor, zuckte hilflos mit den Achseln und sagte ängstlich: »Was meinen Sie? Ist die Kontrolle scharf an der Grenze?« »Warum?« fragte ich so gelassen wie möglich. »Ich habe etwas bei mir«, sagte sie, »dort im Koffer, etwas, das mitzuführen wahrscheinlich verboten ist.« »Ach«, sagte ich, »wenn man's recht bedenkt, ist heute alles verboten. Wir müssen versuchen, trotz der Verbote zu leben.« »Gewiß«, sagte sie, »doch ich habe etwas bei mir, das speziell verboten ist.« »Kaffee?« fragte ich. »Nein«, sagte sie, »einen Silberbarren, ein hübsches, massives Ding von vier Pfund. Ich habe den Barren eingetauscht.«

Das Schweigen, das darauf folgte, wird jeder deuten und ermessen können, der einen Gaumen für Situationen hat. Heimlich krampften sich meine Finger in den Unterarm meiner Wirtin. Mir fiel nichts mehr ein, nicht mal ein Dichterwort, und meine Wirtin war es, die den Zustand meiner Verstörtheit glücklich überspielte. Ich faßte mich erst wieder, als der Zug seine Geschwindigkeit verringerte und in den Grenzbahnhof einlief. Erst der Augenblick dringender Gefährdung belebte mich wieder, gab mir meine Überlegenheit zurück. Der Zug hielt. Türen wurden geöffnet. Rufe erklangen. Die alte, gebildete Dame hatte ein Taschentuch in den Händen, an dem sie zog und zerrte. Die Schritte der Kontrollbeamten kamen näher, wir hörten sie bereits im Nachbarabteil. Die alte, gebildete Dame öffnete den Druckknopf ihres gehäkelten Kragens. Und dann, als die Schritte auf uns zukamen, lehnte meine Wirtin ihren Kopf an meine Schulter und blickte so zärtlich wie möglich auf das schlummernde Kleinkind, wodurch wir den unwiderlegbaren Eindruck einer armen, aber glücklichen Familie hervorriefen. »Haben Sie illegale Waren?« fragte eine Stimme. Ich hob den Kopf, sah mit der mir eigenen, großäugigen Melancholie den Beamten an – ein Gesicht übrigens, das mir spontan mißfiel. Dieser Mann, ich erkannte es sofort, war entschlossen, zu suchen, zu schnüffeln, er verfügte über keine Großmut, und so sagte ich in zureichender Not: »Diese Dame hat Silber. Schauen Sie mal in ihrem Koffer nach, da ist ein ganzer Barren drin.« Der Kontrollbeamte sah mich skeptisch an, ließ dann den Koffer öffnen und entdeckte tatsächlich einen Silberbarren von zirka zwei Kilo. Berufsmäßiges Glück erfüllte ihn, als er den Barren beschlagnahmte. Er verschwand und kümmerte sich nicht mehr um unser Abteil.

Kurz darauf fuhr der Zug an. Die alte, gebildete Dame lag in einem ohnmachtähnlichen Zustand tief seufzend in ihrer Ecke. Ein Schimmer von mythischer Menschenverachtung lag auf ihrem Gesicht. Erst nach einer halben Stunde öffnete sie die Augen und sah mich an. Ich merkte, daß sie etwas sagen wollte, jedoch keine Worte fand. Diese Zeit benutzte ich, um zu der Badewanne zu gehen und unter dem schlafenden Kind silberne Gegenstände im Gewicht von etwa sechs Pfund hervorzuziehen. Ich legte das Silber neben der Dame auf die Bank und sagte: »Die überzähligen Pfunde sind für den Schreck. Danke, danke vielmals.« Darauf dauerte es nicht lange, bis wir zu einem herzlichen Gespräch zurückfanden. Die alte Dame lud uns zu Streuselkuchen ein. Wir nahmen die Einladung an.

Benno erkannte die sechs Pfund Silber als

Schwund an, und ich mußte noch lange an das Dichterwort denken: »Hand wird nur von Hand gewaschen; wenn du nehmen willst, so gib.«

VI

Mit Kummer verfolgte ich die neueren Versuche, jedes Risiko aus der Welt zu verbannen, dafür zu sorgen, daß bei allem, was man tut, kein Wagnis mehr besteht. Der Marktgänger von heute will – im Gegensatz zum Teilnehmer am Schwarzen Markt – vor allem Sicherheit. Er fürchtet sich vor Enttäuschungen. Er fürchtet sich vor dem Irrtum. Er will um jeden Preis Gewißheiten haben, und dabei übersieht er, daß ein Markt der absoluten Gewißheiten ein Markt der Langeweile ist. Ich bin nicht für einen Markt geschaffen, auf dem es keine Abenteuer mehr gibt, keinen Aufruhr, keine Gefahr. Der weiße Markt ist nicht meine Stärke, obwohl sich heute offenbar so viele mit ihm zufriedengeben. Nein, ich brauche einen anderen Markt zu meinem Glück, den Schwarzen Markt, eingedenk des Dichterworts: »Sein Schicksal schafft sich selbst der Mann.« Dazu stehe ich, auch wenn ich zugeben muß, daß ich selbst einmal das Opfer der natürlichen Gefährdung wurde, welcher sich jeder aussetzte, der den Schwarzen Markt besuchte.

Ich glaube, ich sagte schon bei früherer Gelegenheit durchaus zutreffend, daß der Schwarze Markt eine Art Frontgebiet war, oder doch ein Niemandsland, in dem mehr als eine Gefahr auf uns wartete. Wer hier landete, handelte unter einer latenten Bedrohung, wobei ich allerdings hinzufügen muß, daß Augenblicke der Bedrohung ein prächtiger Humus für Geschäftsabschlüsse sind. Die Angst ist der beste Kaufmann: Kapazitäten werden das bestätigen. Die natürliche Bedrohung, so möchte ich einmal sagen, oder das unsichtbare Damoklesschwert, das täglich über meinem Schwarzen Markt hing, bestand darin, daß zu jeder, das heißt auch zu unpassender Zeit, eine Razzia möglich war. Und obwohl man sich darauf einstellte, solche Möglichkeit in Kauf nahm und in entsprechender Weise von ihr beeinflußt wurde, war man doch jedesmal ärgerlich überrascht, wenn man unter die arglistigen Netze einer Razzia geriet.

Auch ich blieb von dieser Möglichkeit nicht verschont. Ich erinnere mich genau: es war ein Märztag, warm wie im Juli, und meine athletische, schwermütige Wirtin hatte mich ins Milchgeschäft geschickt, um Sahne für den Morgenkaffee einzutauschen. Die Sonne schien wirklich so ausgiebig, daß ich dachte, irgend jemand habe sie bewogen, ihre Wärme schwarz abzugeben, und nichtsahnend, solchen heiteren Gedanken hingegeben, schickte ich mich an, mit meiner Milchkanne den Schwarzen Markt zu überqueren, als die Razzia mich ereilte. Sie hatten die Razzia vor dem Frühstück angesetzt. Das Verfahren war befremdlich einfallslos: man riegelte die Straße ab, Pfiffe aus Trillerpfeifen ertönten, unangenehme Kommandos, und wohin das Auge sich auch wandte, überall tauchten, wie Igel aus der Furche, hämische Polizisten auf, die uns verzweifelte Hasen überlegen anlächelten.

Nicht nur die Straße, das ganze Viertel war abgesperrt, und wem es gelang, gleichsam aus den Maschen der Netzflügel zu entwischen, der landete unweigerlich im Schleppsack. Ich brauche nicht zu erwähnen, daß jede Art von Bedrohung sich auf mich derart auswirkt, daß alle Kräfte meiner Geistesgegenwart aufgeboten werden. Mit einer Entrüstung, die durch Höflichkeit vertieft war – ohne ein Zeichen der Panik übrigens oder eingestandener Furcht –, mit höflicher Entrüstung also suchte ich mir den nächstbesten Polizeikommissar aus, ging auf ihn zu und sagte frei mit Luther: »Was Sie thun, kann ich nit verstahn.« Auf diese klassische Beschwerde winkte er schroff und befahl: »Rauf auf's Auto, los!« Und schon waren zwei Kriminalbeamte zur Stelle, die mich, unter Anwendung eines Polizeigriffs, zu einem Lastauto transportierten. Mit Hilfe der Judo-Kenntnisse, die meine Wirtin mir beigebracht hatte, machte ich mich souverän frei und folgte den Beamten mit mürrischer Freiwilligkeit. Sie brachten mich auf einen Lastwagen, nötigten mich, mit zirka fünfundzwanzig Personen auf der Ladefläche Platz zu nehmen und fuhren uns ins nächste Polizeirevier, auf dem man uns dann, sauber nach Anfangsbuchstaben getrennt, eingehend untersuchte.

Ich stand etwa in der Mitte der Schlange, und was mich erfüllte, das war Protest, ein Protest, der unaufhörlich wuchs, sich anstaute und den herauszuschleudern ich mir vornahm, sobald ich an der Reihe sein würde. Ich glaubte mir diesen Protest um so mehr leisten zu können, als ich den Schwarzen Markt lediglich mit der Absicht überquert hatte, Sahne für den Morgenkaffee zu holen.

Und dann war ich an der Reihe, wollte gerade damit beginnen, meinem Unmut freien Lauf zu lassen, als ein niederer Polizeibeamter mich mit beträchtlichem Geschick abklopfte und, zu meiner Überraschung, aus meiner Brusttasche etwa zwölf Zuzugsgenehmigungen herauszog, aus meiner Hosentasche eine Schachtel Navy Cut, aus den Gesäßtaschen das Bargeld, das ich gerade bei mir trug: keine große Summe, vielleicht – alles in allem – vierzehntausend

Mark. Stumm legte der niedere Polizeibeamte die Fundsachen auf den Tisch. Ich brauchte nichts mehr zu sagen, vielmehr begnügte sich der Schnellrichter mit einem Wink, worauf man mich für wert genug befand, ins Untersuchungsgefängnis eingeliefert zu werden.

Es war ein kleines, unscheinbares und armseliges Untersuchungsgefängnis, von einer so ins Auge fallenden Dürftigkeit, daß es spontan mein Mitleid hervorrief. Der Raum, in den mich ein alter, mißvergnügter Wärter einschloß, war von einer Schäbigkeit, die mich faszinierte: rieselnder Mörtel, durchgelegene, harte Matratzen, Zugluft, Blechnäpfe, elektrische Fassungen ohne Birnen, wackelige Schemel, gegen dies alles konnte ich nur mit dem Dichterwort aufbegehren: »Raum, ihr Herrn, dem Flügelschlag einer freien Seele.« Doch von meinem Flügelschlag nahm niemand Notiz, nicht einmal mein Zellengenosse, ein gleichgültiger, verhärmter Baumschulenarbeiter, den man bei dem Versuch, tausend junge Lebensbäume auf dem Schwarzen Markt abzuliefern, dingfest gemacht hatte. Seinen Zustand, den ich den ganzen Tag über zu ertragen hatte, möchte ich als eine Art quälender Verwunderung bezeichnen: Bruno, so hieß der Baumschulenarbeiter, hatte von den Chancen des Schwarzen Markts gehört, war gleich mit mehreren Lastern angekommen und wunderte sich nun, daß nicht alles so gegangen war, wie er das erhofft hatte.

Allein also mit Brunos grübelnder, quälender Verwunderung, dachte ich während des ersten Tages an nichts anderes als die Sahne, die meine Wirtin vermissen würde. Doch meine Wirtin erfuhr rasch, wo ich mich befand. Sie erschien, um mich über die Schäbigkeit meiner Umwelt hinwegzutrösten. Außerdem unterrichtete sie mich über den Fortgang der laufenden Geschäfte, wesentlicher Geschäfte übrigens, von denen ausgeschlossen zu sein ich zunächst als äußerst mißlich empfand. So vieles war vorbereitet, angebahnt, daß ich es mir schwerlich erlauben konnte, aus dem täglichen Wirken herausgerissen zu werden, doch, wie ich alsbald merkte, handelte meine schwermütige, athletische Wirtin durchaus in meinem Sinne, und schließlich war ich ja noch immer vorhanden.

In meiner Zelle besprachen wir die dringenden Fälle: die Zuckerladung eines Liberty-Schiffes, das sich der Biskaya näherte, mußte verkauft werden, da die Zuckerpreise fielen; ein Waggon Kunsthonig mußte an die Verteiler gebracht werden; ein Posten amerikanischer Armee-Stiefel mußte gegen Eipulver umgetauscht werden, und ich entschied es in der Zelle des Untersuchungsgefängnisses. Auch in schäbiger Gefangenschaft legte ich die Hände nicht in den Schoß, immer eingedenk der Maxime: »Im Glück nicht stolz sein und im Leid nicht zagen, das Unvermeidliche mit Würde tragen.«

Wir – meine Wirtin und ich – waren noch in flüsterndem Gespräch befangen, als lächelnd, unter Verbeugungen, jedenfalls ohne seine Berufsverdrossenheit, der Wärter erschien und eine elektrische Birne einschraubte. Sodann trug er zwei bequeme Stühle herein, brachte ein Tischtuch, brachte eine Vase mit Blumen, und zuletzt servierte er uns dampfenden Tee und Streuselkuchen. Verwirrt sah ich ihm zu, noch verwirrter aber war Bruno, als er die Annehmlichkeiten gewahrte, zu denen uns der Wärter verhalf. »Was ist los?« fragte er. »Du bist wohl ein großes Tier, was?« – worauf meine Wirtin sagte: »Ich habe mir erlaubt, Ihnen den Aufenthalt zu erleichtern.« Sie lächelte wehmütig, forderte den Wärter mit einem entsprechenden Blick auf, sein Bestes an Mühewaltung herzugeben.

Den exakten Preis, den meine Wirtin für seine Mühewaltung bezahlt hatte, habe ich nie erfahren. Gleichwohl: die Zunahme an Komfort, an individueller Verwöhnung war enorm. Nachdem meine Wirtin gegangen war, brachte uns der Wärter neue

Matratzen, brachte auch eine Fußbank, die zur Entspannung der Beine nicht unwichtig ist. Dann nagelte er sogar ein Bild an die Wand, eine Reproduktion freilich, auf der man den eindrucksvollen Untergang eines Lloyd-Postdampfers beobachten konnte. Ich erlaubte mir, diesen Untergang symbolisch auszulegen: was da in den Wellen verschwand, war für mich das schäbige, dürftige Gefängnis-Dasein.

Aus unserer Zelle also lenkte ich die Geschicke meiner schwarzen Geschäfte; der Wärter übernahm die Vermittlung, kleinere Botendienste, die Vollstreckung lag bei meiner Wirtin. Flugs spielte sich alles zufriedenstellend ein, und da ich nichts entbehrte, gab ich meinem angestammten Hang zur Mildtätigkeit nach und wurde – was ich nicht ohne Eitelkeit feststellen darf – der Mäzen unseres kleinen, schäbigen Untersuchungsgefängnisses. Den Wärter machte ich glücklich, indem ich ihm eine garantiert neue Dienstuniform auf dem Schwarzen Markt besorgen ließ – ein Geschenk, womit er nie mehr zu rechnen wagte. So standen ihm bei der Überreichung Tränen der Rührung in den Augen, und seine Frau ließ mir durch ihn, zum Zeichen bescheidener Dankbarkeit, einen Teller Kartoffelpuffer schicken, zu denen ich allerdings das Fett geliefert hatte. Ferner machte ich alle Insassen auf unserem Korridor glücklich, indem ich, zum Zeichen der Solidarität, englische Zigaretten an sie verteilen ließ, woraufhin eine Wolke süßlichen Qualms zu uns hereinstrich, was soviel wie eine aromatische Danksagung schien. Schließlich ließ ich der Küche Fett und dem Direktor des Untersuchungsgefängnisses eine kostbare Hölderlin-Ausgabe zukommen.

Es versteht sich von selbst, daß solch ein spürbares Mäzenatentum nicht unbemerkt bleiben konnte, und so war ich nicht überrascht, als der Direktor mir eines Tages seinen Besuch ansagte. (Schon das war ungewöhnlich, da der Direktor ja im allgemeinen einen Untersuchungsgefangenen zu sich zitiert.) Er ließ sich also melden und erschien kurz darauf: ein ernster, korrekter Mann mit bläulichen Tränensäkken und blondem Haar. Sein Name war Jens Uwe Kienappel. Gleich, nachdem er Platz genommen hatte, entdeckte ich die Spuren heimlicher Verzagtheit auf seinem Gesicht, später einen auf die Zukunft gerichteten, gleichsam engagierten Kummer.

Wir tauschten landläufige Höflichkeiten aus, boten uns gegenseitig Rauchwaren an – ich ihm: eine Senior Service; er mir: mit Zuckerwasser bespritzten Eigenbau, und dann holte er zu vorsichtigem Dank aus. Nein, er scheute sich nicht, mir zu sagen, wie sehr er mir zu Dank verpflichtet sei für die diversen Stiftungen und Schenkungen, für alle Beweise meiner Mildtätigkeit, die eine neue Stimmung unter den Insassen, für die er ja verantwortlich sei, hervorgerufen hätte. Sanft wehrte ich ab. Der Direktor nickte vielsagend und nahm gern eine zweite Senior-Service-Zigarette aus meiner Schachtel. Dann erschien der Wärter in seiner neuen Uniform, führte Bruno unter einem Vorwand hinaus, und nun, da wir allein waren, vertraute mir Jens Uwe Kienappel seinen Kummer an, den ich so früh auf seinem Gesicht entdeckt hatte. Der Grund seines Kummers war simpel: der Direktor erwartete eine Inspektion, und zwar hatte man ihn vorgewarnt, daß eine ministerielle Kommission, die sich mit der Lage der Untersuchungsgefängnisse in Norddeutschland befassen sollte, in das von ihm geleitete Haus stehe. Wenn auch nicht jeden Tag, so sei doch jede Woche mit ihrem Erscheinen zu rechnen, sagte er. Wörtlich: »Ich weiß mir nicht mehr zu helfen. Wenn die Kommission hier erscheint, wird man Mängel entdecken, die so beträchtlich sind, daß man einen Menschen wird finden wollen, dem man dafür die Verantwortung zuschieben kann. Wer wird dieser Mensch sein? Ich! Man wird mir alles zur Last legen: undichte Fenster, rieselnden Mörtel, defekte Öfen, kärgliche Toiletten und einen Speisezettel, der vieles zu wünschen übrigläßt. Und sobald man es mir zur Last gelegt hat, wird man mich gehenlassen, eine Möglichkeit, von der man in ähnlichen Fällen ausgiebig Gebrauch gemacht hat. Einen Mann zu entlassen, um Übelstände zu beseitigen, ist eine wohlfeile Möglichkeit. Aber ich hänge an meinem Beruf, verstehen Sie?«

Ich verstand und sagte: »Jeder hängt an seinem Beruf, oder sollte doch an ihm hängen.«

Der Direktor drückte mir warm die Hand und sprach dann davon, was alles er versucht habe, um die Zustände in seinem Untersuchungsgefängnis zu verbessern. Überall hatte er sich bemüht, Schlosser und Heizungsmonteure zu verpflichten, doch alle hatten höflich abgelehnt, wegen Arbeitsüberlastung, wie sie offiziell schrieben: aber für mich bestand kein Zweifel, daß sie sich nur deshalb geweigert hatten, weil der Direktor nicht in der Lage war, sie auf schwarze Weise zu entlohnen. Seine Mittel – es handelte sich ausschließlich um Papiermark – reichten nicht aus, und auf seine Bitten an die Gefängnisbehörden, ihm Seife oder Dauerwurst zu schicken, damit er die Handwerker bezahlen könne, hatte man ihm eine Verwarnung erteilt. Kienappel war am Ende, sein Vorrat an Ideen erschöpft. Ich merkte, daß legitime Verzweiflung ihn zu mir geführt hatte sowie die Aussicht, daß die ministerielle Kommission in sein Haus stand.

Die Verzweiflung eines andern hat mich seit je angerührt, und diesmal rief sie zusätzlich meinen Ehrgeiz wach. Ich erhob mich, reichte dem Direktor die Hand und versprach, seine Sorgen zu meinen Sorgen zu machen, und zwar mit einer Dringlichkeit, die für den schleunigen Erfolg garantiert. Sodann lud ich den Verzweifelten zu einem Likör ein, und danach trennten wir uns mit einer angedeuteten Umarmung.

Kaum war der Direktor fort, da ließ ich den Wärter rufen, schickte ihn zu meiner Wirtin, und der Wärter brachte meine Wirtin in einem Polizei-Auto zu mir. Wir verhandelten nur kurz, denn meine Wirtin besaß als ehemalige weibliche Polizeikraft eine gut ausgebildete, instinktive Reaktionsfähigkeit. Und am nächsten Tag bereits zogen mehrere Trupps von Handwerkern in das kleine, armselige Untersuchungsgefängnis: Glaser, Maurer, Tischler und Installateure, die in einer Weise zu Werke gingen, daß sie durchaus die Forderungen des Dichterworts erfüllten: »Frisch Gesellen, seid zur Hand.« Ein Hämmern, Schleifen, Bohren und Klopfen begann, daß mehrere Untersuchungsgefangene lärmkrank zu werden drohten und Proteste laut werden ließen; ich mußte diese Leute beschwichtigen, und ich tat es, indem ich ihnen Rauchwaren und kalorienhaltige Zusatzkost verschaffte, die sie über den Lärm brachten. Und die Handwerker, mit Kunsthonig und Eipulver vor dem geistigen Auge, gaben ihr Bestes her, was zur Folge hatte, daß unser Untersuchungsgefängnis rapide ein anderes Gesicht anzunehmen begann. Täglich besuchte mich der Direktor, Jens Uwe Kienappel; unsere Gespräche, auch unsere Liebe zur Literatur, brachten uns einander näher, und eines Abends zeigte er mir ein Photoalbum mit Familienbildern, die ich aufmerksam betrachtete. Dann zogen die Handwerker ab und ließen ein Haus zurück, das sich, ohne sonderliche Übertreibung, mit einem dieser gefälligen skandinavischen Wohnheime bestimmt hätte messen können: es machte einen derartigen Eindruck, daß Bruno nahe daran war, Stolz zu empfinden.

Und an dem Tag, da Bruno nahe daran war, erschien die Kommission: drei Herren – wie mir der Direktor später sagte –, die auf alles gefaßt waren. Um so größer war ihr Erstaunen, als sie durch das Gebäude geführt und auf die neue Einrichtung hingewiesen wurden. Ihr Wesen schlug in Begeisterung um, als der Direktor sie einlud, von der Gefängniskost zu probieren. Diese Mahlzeit dauerte zwei Stunden. Und als dann die Kommission in meine Zelle trat – der Direktor hielt sich im Hintergrund und plinkerte mir zu –, da hatte ich das eigentümliche Gefühl, daß einer der Herren verlangend, mit eingestandener Sehnsucht unseren Raum musterte. Wahrscheinlich hätte er, wenn auch nicht alles, so doch einiges dafür gegeben, hier Untersuchungsgefangener zu sein.

Es entsprach nur unserer Erwartung, daß Direktor Kienappel eine Belobigung erhielt und bald darauf befördert wurde. Mich vergaß er nicht. Er bot mir an, Ehren-Insasse des Untersuchungsgefängnisses auf Lebenszeit zu bleiben – eine Auszeichnung, die ich aus einer Laune annahm. Außerdem setzte er sich dafür ein, daß meine Verhaftung als Irrtum anerkannt wurde.

Heute wäre dies alles nicht mehr möglich. Mein Markt, der Schwarze Markt, hat aufgehört zu bestehen, einstweilen zumindest. Die Zeit des Abenteuers ist vorläufig dahin, und ich habe meine Schwermut ausgenutzt, um ein wenig aus dieser Zeit zu erzählen. Wird sie wiederkehren? Wie immer – einen Trost hat jetzt der Dichter Herder zur Hand: »Was die Schickung schickt, ertrage! Wer ausharret, wird gekrönt!«

1959

Zeittafel

1926
Siegfried Lenz wird am 17. März als Sohn eines Zollbeamten in Lyck (Masuren/Ostpreußen) geboren.

1932–1943
Schulbesuch in Lyck und Samter.

1943–1945
Notabitur, dann Einberufung zur Kriegsmarine; nach viermonatiger Ausbildung erstes Bordkommando auf der »Admiral Scheer«; nach Bombardierung des Schiffes stationiert in Dänemark. Desertion kurz vor dem Zusammenbruch. Lenz gerät in englische Gefangenschaft und wird als Dolmetscher einer amtlichen Entlassungskommission eingesetzt. Noch 1945 Entlassung nach Hamburg.

1946–1950
Studium der Philosophie, Anglistik und Literaturwissenschaft an der Universität Hamburg; Lenz will zunächst Lehrer werden. Finanzierung des Studiums überwiegend durch Schwarzhandel. Erste kleinere Rundfunkbeiträge für den NWDR in der Sendereihe »Wir erinnern an …«.

1948/1949
Volontariat bei der englischen Besatzungszeitung *Die Welt*, für die er auch schon während des Studiums gearbeitet hatte. Dort lernt Lenz seine spätere Ehefrau Liselotte kennen.

1949
Heirat.

1950/1951
Nachrichten-, dann Feuilletonredakteur bei der *Welt*.

1951
Der erste Roman *Es waren Habichte in der Luft* erscheint; er war zuvor in der *Welt* als Fortsetzungsroman abgedruckt worden. Seitdem lebt Lenz als freier Schriftsteller in Hamburg und im Sommer in Lebøllykke auf der Insel Alsen (Dänemark).

1952
Anschluß an die Gruppe 47. Noch in der Versuchsphase des NWDR-Fernsehens schreibt Lenz das Drehbuch zum Fernsehspiel *Inspektor Tondi*. Im NWDR-Hörfunk wird sein erstes größeres Hörspiel *Wanderjahre ohne Lehre* gesendet.

1953
Duell mit dem Schatten, Roman.

1954
Die Nacht des Tauchers, Hörspiel.

1955
So zärtlich war Suleyken. Masurische Geschichten, Erzählungen (Verfilmung fürs Fernsehen 1971 / 1972). *Der Hafen ist voller Geheimnisse*, Hörspiel. *Die verlorene Magie der Märkte*, Hörspiel. *Das schönste Fest der Welt*, Hörspiel.

1956
Die Muschel öffnet sich langsam, Hörspiel. *Resignation in Baccar*, Hörspiel. *Die neuen Stützen der Gesellschaft*, Hörspiel.

1957
Der Mann im Strom, Roman (1958 mit Hans Albers verfilmt; Neuverfilmung 2005).

1958
Jäger des Spotts. Geschichten aus dieser Zeit, Erzählungen.

1959
Brot und Spiele, Roman (auch verfilmt).

1960
Das Feuerschiff, Erzählungen (Verfilmung 1963). Mitglied der Freien Akademie der Künste in Hamburg.

1961
Zeit der Schuldlosen – Zeit der Schuldigen, Hörspiele. *Zeit der Schuldlosen*, Drama (Bearbeitung der Hörspiele, verfilmt 1964); Uraufführung durch Gustaf Gründgens am 19. September im Deutschen Schauspielhaus, Hamburg.

1962
Stimmungen der See, Erzählungen.

1963
Stadtgespräch, Roman.

1964
Lehmanns Erzählungen oder So schön war mein Markt. Aus den Bekenntnissen eines Schwarzhändlers, Erzählung.

Das Gesicht, Komödie; Uraufführung am 18. September im Deutschen Schauspielhaus, Hamburg.

1965
Der Spielverderber, Erzählungen. Beginn seines Engagements in der Sozialdemokratischen Wählerinitiative (bis Anfang der 70er Jahre).

1966
Die Enttäuschung, Hörspiel.

1967
Haussuchung, Hörspiele. *Das Labyrinth*, Hörspiel.

1968
Deutschstunde, Roman (1970 fürs Fernsehen verfilmt); bis heute über 2,25millionenmal weltweit verkauft. *Leute von Hamburg*, Erzählung.

1968/1969
Vortragsreisen nach Australien und in die USA mit Gastprofessur an der University of Houston, Texas.

1970
Lenz reist auf Einladung von Willy Brandt zusammen mit Günter Grass nach Polen zur Unterzeichnung des Warschauer Vertrages. *Beziehungen. Ansichten und Bekenntnisse zur Literatur*, Essays. *Die Augenbinde*, Schauspiel; Uraufführung am 28. Februar im Düsseldorfer Schauspielhaus. *Nicht alle Förster sind froh*, Dialog.

1973
Das Vorbild, Roman. Mitglied der Deutschen Akademie für Sprache und Dichtung, Darmstadt.

1975
Der Geist der Mirabelle. Geschichten aus Bollerup, Erzählungen. *Einstein überquert die Elbe bei Hamburg*, Erzählungen.

1978
Heimatmuseum, Roman (Fernsehfilm 1988).

1979
Lenz lehnt den Verdienstorden der Bundesrepublik Deutschland (Bundesverdienstkreuz) zusammen mit Heinrich Böll und Günter Grass ab.

1980
Drei Stücke, Dramen. *Gespräche mit Manès Sperber und Leszek Kolakowski.*

1981
Der Verlust, Roman.

1982
Über Phantasie. Gespräche mit Heinrich Böll, Günter Grass, Walter Kempowski, Pavel Kohout.

1983
Elfenbeinturm und Barrikade. Erfahrungen am Schreibtisch, Essays.

1984
Ein Kriegsende, Erzählung (als Filmerzählung für das Fernsehen geschrieben).

1985
Exerzierplatz, Roman.

1986
Zusammen mit Liselotte Lenz *Kleines Strandgut. 48 Farbstiftzeichnungen*. Erwerb des Sommerhauses in Tetenhusen (bei Schleswig).

1987
Das serbische Mädchen, Erzählungen (1990 auch verfilmt).

1988
Die Bergung, Hörspiel.

1990
Die Klangprobe, Roman.

1992
Über das Gedächtnis. Reden und Aufsätze.

1994
Die Auflehnung, Roman.

1996
Ludmilla, Erzählungen. Beginn der Werkausgabe in Einzelbänden.

1998
Über den Schmerz, Essays.

1999
Arnes Nachlaß, Roman. Abschluß der 20bändigen Werkausgabe.

2001
Mutmaßungen über die Zukunft der Literatur, Essays.

2003
Fundbüro, Roman.

2004
Zaungast, Erzählungen.

2006
Aus Anlaß des 80. Geburtstages von Siegfried Lenz erscheinen seine sämtlichen Erzählungen in einem Band (*Die Erzählungen*) und die Essaysammlung *Selbstversetzung. Über Schreiben und Leben*. Verfilmung von *Der Mann im Strom*.

2008
Schweigeminute, Novelle. Verfilmung von *Das Feuerschiff*.

2009
Landesbühne, Novelle. *Die Versuchsperson*, Stück.

2010
Verfilmung von *Die Auflehnung.*

2011
Die Versuchsperson. Harmonie, Stücke.

2011
Die Maske, Erzählungen.

2012
Amerikanisches Tagebuch 1962, Reisebericht

Auszeichnungen, Ehrungen und Preise

1952
René-Schickele-Preis

1953
Stipendium des Lessing-Preises der Freien und Hansestadt Hamburg

1961
Gerhart-Hauptmann-Preis der Freien Volksbühne Berlin; Ostpreußischer Literaturpreis

1962
Georg-Mackensen-Literaturpreis; Literaturpreis der Freien Hansestadt Bremen

1966
Großer Kunstpreis des Landes Nordrhein-Westfalen für Literatur; Hamburger Leserpreis

1970
Literaturpreis Deutscher Freimaurer (Lessing-Ring)

1976
Ehrendoktorwürde der Universität Hamburg

1978
Kulturpreis der Stadt Goslar

1979
Andreas-Gryphius-Preis

1984
Thomas-Mann-Preis der Hansestadt Lübeck

1985
Manès-Sperber-Preis der österreichischen Regierung; DAG-Fernsehpreis

1986
Plakette der Freien Akademie der Künste in Hamburg

1987
Wilhelm-Raabe-Preis der Stadt Braunschweig

1988
Friedenspreis des Deutschen Buchhandels

1989
Literaturpreis der Heinz-Galinski-Stiftung

1993
Ehrendoktorwürde der Ben-Gurion-Universität (Israel)

1995
Bayerischer Staatspreis für Literatur (Jean-Paul-Preis)

1996
Hermann-Sinsheimer-Preis für Literatur und Publizistik der Stadt Freinsheim

1997
Adolf-Würth-Preis für Europäische Literatur

1998
Gerhard-Mercator-Professur der Universität Duisburg; polnischer Samuel-Bogumil-Linde-Preis

1999
Goethe-Preis der Stadt Frankfurt am Main

2001
Ehrenbürger der Freien und Hansestadt Hamburg; Ehrensenator der Universität Hamburg; Weilheimer Literaturpreis; Ehrendoktorwürde der Universität Erlangen-Nürnberg

2002
Hansepreis für Völkerverständigung Bremen; Ehrenpreis des Bayerischen Ministerpräsidenten beim Internationalen Buchpreis Corine

2003
Heinrich-Heine-Professur der Universität Düsseldorf; Johann-Wolfgang-von-Goethe-Medaille in Gold der Alfred Toepfer Stiftung

2004
Hannelore-Greve-Literaturpreis; Ehrenbürgerwürde des Landes Schleswig-Holstein

2005
Hermann-Ehlers-Preis

2006
Ehrenpreis der Goldenen Feder (Medienpreis der Bauer Verlagsgruppe)

2007
Ehren-Schleusenwärter der Congregation der Alster-Schleusenwärter S. C. in Hamburg

2009
Lew-Kopelew-Preis für Frieden und Menschenrechte

2010
Premio Nonino, Udine

2011
Ehrenbürgerwürde seiner Geburtsstadt Lyck, der heutigen Stadt Ełk in Polen